W0361595

Andrea Schomburg

Die Spur zum 9. Tag

Andrea Schomburg

Die SPUR zum 9. TAG

Mit Illustrationen von Miryam Specht

HUMMEL
BURG

Bibliografische Information der Deutschen Nationalbibliothek:
Die Deutsche Nationalbibliothek verzeichnet diese Publikation in der Deutschen Nationalbibliografie. Detaillierte bibliografische Daten sind im Internet auf *www.dnb.d-nb.de* abrufbar.

MIX
Papier aus verantwortungsvollen Quellen
FSC® C111262

1 3 5 4 2

© 2021 Hummelburg Verlag
Imprint der Ravensburger Verlag GmbH
Cover- und Innenillustration: Miryam Specht
Covertypografie: Behrend & Buchholz,
Grafik-Design GbR, Hamburg

Alle Rechte dieser Ausgabe vorbehalten durch
Hummelburg Verlag
Imprint der Ravensburger Verlag GmbH
Postfach 2460, 88194 Ravensburg

Printed in Germany
ISBN 978-3-7478-0036-2

www.hummelburg.de

Teil 1

Das Puzzle und ich

Ich bin nicht so der Puzzle-Freak. Als ich klein war, da schon. Mama sagt, ich hatte ein Bauernhof-Puzzle mit ungefähr zehn Teilen, damit habe ich jeden Tag gespielt. Ich konnte es zuletzt in ein paar Minuten zusammensetzen, obwohl ich noch nicht mal zwei war.

Aber jetzt – ich weiß echt nicht, warum Leute sich einen Haufen bunte Pappstückchen auf den Wohnzimmertisch schütten und dann wochenlang an so einem Riesenbild werkeln! Und niemand darf am Tisch wackeln und am liebsten noch nicht mal kräftig lüften, damit bloß nicht ein paar Puzzleteile vom Tisch fallen. Oder runterwehen. Oder überhaupt verloren gehen. Denn dann ist ja das ganze Puzzle nichts mehr wert.

Nee, vielen Dank! Nicht meine Welt.

Und ausgerechnet mir muss diese Geschichte passieren! Denn diese Geschichte ist total wie ein Puzzle. Wie ein Puzzle mit ziemlich vielen Teilen, bei dem man ein Teil nach dem anderen zusammenfrickeln muss, damit endlich alles passt. Jedenfalls denkt man irgendwann, dass alles passt. So wie ich es gedacht habe.

Bis ich dann gemerkt habe, dass ich selber ein Teil von dem Puzzle bin.

Das Puzzleteil genau in der Mitte.

Alles wird gut

Ding-ding-ding-doooong! Ding-ding-ding-dooong! Es klingelt. Es klingelt Sturm. Ich habe sofort eine Ahnung, wie von etwas Großartigem, das gleich passiert. Ich springe auf und rase zur Wohnungstür wie hingebeamt und drücke fast den Türöffner kaputt. Einmal, zweimal, dreimal, und da höre ich auch schon, wie jemand die Treppen hinaufstürmt.

Er nimmt immer zwei Stufen auf einmal, und dann steht er vor mir. Er ist so groß, dass ich zu ihm hochgucken muss. Obwohl, ich bin ja ziemlich groß für mein Alter. Also ich muss *nicht* zu ihm hochgucken, oder jedenfalls nicht sehr. Und das sagt er auch: „Mein Gott, so ein großer Sohn!" Er schüttelt den Kopf, als könnte er es gar nicht fassen, und er freut sich so, dass auch mir ganz warm wird vor Freude.

Er hat einen Bart, aber einen hippen Bart, und eine Brille, aber eine hippe Brille, und außerdem hat er einen

Arztkittel an. Nein, er hat keinen Arztkittel an, das ist ja Quatsch – doch nicht auf der Reise! Er hat einen grauen Mantel an. Aber auch ohne Arztkittel weiß ich sofort, wer es ist.

„Papa!" Ich werfe mich in seine Arme. Er riecht nach Meer, nach Wüstensand, nach Sehr-weit-weg, und auch ein bisschen nach Desinfektionsmittel. Klar, er ist ja Arzt.

Er umarmt mich ganz fest, und dann hält er mich von sich weg und strahlt mich an. Sein Gesicht ist braun, wie bei jemandem, der lange in heißen und sonnigen Ländern war. Seine Zähne blitzen, und in seinen Augenwinkeln bilden sich kleine freundliche Falten. Sie sind grün, die Augen, mit kleinen braunen Punkten, so wie meine Augen.

„Sie wollten mich nicht weglassen bei Ärzte ohne Grenzen", sagt er. „Sie können mich ja eigentlich nicht entbehren, aber ich musste dich einfach sehen! Ich bin so stolz, dass ich so einen großen Sohn habe! Jetzt suche ich mir eine Stelle in der Nähe, und dann gehe ich nie wieder weg von euch!"

Mama kommt in den Flur, sie erkennt Papa natürlich sofort und er sie, und sie sehen sich an. Im Film – ich gucke manchmal mit Mama abends diese Filme, wo sie immer ein bisschen weint, aber zum Glück bloß vor Rührung – also, im Film würde man jetzt diese schmalzige Musik hören, und Mama und Papa würden in Zeitlupe aufeinander zulaufen.

Aber es ist ja kein Film, sondern Wirklichkeit, und deswegen stehen sie nur da und sehen sich an. Und Mama sagt: „Komm erst mal rein!“

Beim Reingehen nimmt Papa ihre Hand, und da weiß ich, alles wird gut.

Ja, das wäre schön so. Wenn das die Wirklichkeit wäre!

Ziemlich blöde Ferienpläne

„Bene?“, sagt Mama.

„Ja?“, frage ich.

Mama dreht an den Knöpfen ihrer türkisen Lieblingsbluse, schaut von mir weg und mich dann wieder an. „Es … äh … es sind doch jetzt bald Sommerferien“, beginnt sie.

Ich weiß, was sie meint. Ich weiß meistens vorher, was sie meint. Kein Wunder, ich kenne sie ja schon mein ganzes Leben. „Es macht nichts, dass wir nicht wegfahren können“, antworte ich schnell. „Das macht überhaupt nichts. Wir können wieder einen Ferienpass für mich beantragen, dann kann ich umsonst ins Freibad. Und vielleicht fährt Wunni ja auch nicht weg.“

Das stimmt leider nicht. Ich sage das nur, um es Mama leichter zu machen. Wunni hat mir gerade gestern erzählt, dass sie in diesem Jahr nach Frankreich fahren. Er hat sich fast entschuldigt, dass sie mir nicht anbieten mitzukommen, aber er hat eine große und eine kleine Schwester und einen Hund, und natürlich seine Eltern, da ist das Ferienhaus voll.

Wenn ich erwachsen bin und selber Geld verdiene, denke ich, kann ich für Mama und mich und unsere Freunde ein Ferienhaus mit Pool mieten. Ich sehe es genau vor mir, es liegt in der Nähe vom Strand, sodass man sich aussuchen kann, ob man am eigenen Pool liegen oder ins Meer rennen oder am Strand Frisbee spielen will.

Es könnte natürlich auch sein, dass Papa vorher wiedergekommen ist. Dann wird *er* natürlich das Haus am Meer mieten. Vielleicht sogar kaufen. Er wird gar nicht wissen, wohin mit dem Geld, er hat ja die ganze Zeit nur gearbeitet und sich für die Kranken eingesetzt. Er ist überhaupt nicht dazu gekommen, Geld auszugeben. Außerdem hat er es für uns gespart, besonders für mich. Wenn er nicht immer an mich denken würde, könnte er das gar nicht durchhalten, was er macht. So anstrengend und gefährlich, wie seine Arbeit ist! Abends liegt er dann immer in seinem Zelt, in dem Feldbett mit dem Mückennetz drüber. Um das Dschungelhospital keckern die Affen, man hört schrille Vogelrufe und manchmal sogar einen Elefanten trompeten. Und Papa hat nur einen Gedanken: dass er bald wieder bei uns ist. Vor allem bei mir.

Allerdings, ganz so schnell wird sich das wohl nicht machen lassen.

Die Kranken dort im Dschungel brauchen ihn, er ist der

einzige Arzt weit und breit. *Doc Wonderful* nennen ihn die Kranken, weil sie seinen richtigen Namen nicht aussprechen können. Sie kommen kilometerweit aus ihren Dörfern, und für jeden hat er ein aufmunterndes Wort und die richtige Medizin. Er kann einfach noch nicht kommen, das sehe ich schon ein. Aber …

„Bene?" Mama tippt mir auf den Arm. „Das ist doch toll, oder?"

Ich schüttele mich ein bisschen, damit ich mit den Gedanken wieder in die Wirklichkeit zurückkomme. „Ja, super", murmele ich.

Mama lacht. „Du kannst es noch gar nicht richtig glauben, oder? Ich freu mich so, dass du dich auch freust. Ich hatte schon Angst – egal." Mama strahlt und sieht so erleichtert und froh aus, als wäre ihr gerade ein ganzer Steinbruch von der Seele gerutscht. „Gleich am ersten Ferientag geht's los!"

„Äh – wie jetzt?" Wovon redet sie? „Wohin geht's los?"

„Bene!" Mama nimmt mich an beiden Oberarmen und schüttelt mich sanft. „Wo bist du denn nur mit deinen Gedanken? Das hab ich dir doch gerade erzählt! Ein Freund von Sebastian hat ein kleines Ferienhaus in Schweden,

an einem See, da können wir hin. Und es kostet nichts. Überhaupt nichts! Ich wollte schon so ewig mal wieder verreisen. Und du doch auch!“

Ich merke, wie um mich herum so was wie eine Mauer entsteht. Sie wächst und wächst, und an dieser Mauer prallt alles ab, was Mama sagt. „Wer ist *wir*?“, frage ich, obwohl ich es natürlich ganz genau weiß.

„Na ja“, Mama schluckt und setzt sich gerade hin und sieht ein bisschen so aus wie an dem Morgen, als sie vorhatte, Herrn Dürrmaul vom Supermarkt um eine Gehaltserhöhung zu bitten. Nicht dass es geklappt hätte, übrigens. „Du und ich und … äh … Sebastian“, sagt sie. „Wir drei. Dann könnt ihr euch auch ein bisschen besser kennenlernen, du und Sebastian.“

Sebastian

Wir drei! Ich bin so sauer, dass ich nach Luft schnappen muss.

Ich erinnere mich noch gut an den Tag, als ich Sebastian zum ersten Mal begegnet bin. Das genügt mir eigentlich, vielen Dank! Näher will ich ihn gar nicht kennenlernen!

Wir waren unterwegs, um mir neue Sneakers zu kaufen. Nicht die, die ich gewollt hätte, die wären zu teuer gewesen. Noch nicht mal die zweitbesten. Aber die drittbesten waren auch ganz okay.

Das Leben hängt nicht davon ab, welche Schuhe man an den Füßen hat. Sagt Mama. Aber das sagt sie nur, weil wir uns eben manche Sachen nicht leisten können. Mamas Stelle an der Uni ist nicht verlängert worden, seitdem arbeitet sie als Kassiererin im Supermarkt. Wäre super, habe ich gedacht, wenn sie die ganze Kohle, die die Leute ihr geben, behalten könnte. Aber die sackt natürlich Herr

Dürrmaul ein, und Mama bekommt nur gerade so viel, dass wir die Miete und das Essen und die Klamotten bezahlen können. Bei Klassenreisen zum Beispiel wird's mit dem Geld schon knifflig. Oder als neulich unser Auto kaputtging, da hat Mama es gar nicht reparieren lassen, weil die Reparatur so teuer war, und ein neues Auto ist natürlich erst recht nicht drin. Zum Glück kann ich mit dem Bus zur Schule fahren, und Mama fährt mit dem Rad zum Supermarkt. Und da, an der Kasse, hat sie anscheinend Sebastian kennengelernt.

An dem Tag, als wir die Sneakers kaufen wollten, hat Mama gesagt: „Äh … es kommt noch jemand mit." Sie guckte irgendwie merkwürdig, gleichzeitig verlegen und stolz und auch ein bisschen froh. Beinahe glücklich. Das kam mir gleich so komisch vor. Mama guckt nicht mehr oft so. Früher ja.

Früher hat sie viel mit mir gelacht und getanzt und mir dabei das Lied *Bene, bene, bene, tutto molto bene* vorgesungen. Mama ist ja Italienerin, jedenfalls halb.

Ich war noch klein, aber ich erinnere mich gut. Ich habe lange gedacht, sie hätte sich das Lied extra für mich ausgedacht, weil ich Bene heiße. Als ich es dann irgendwann im Radio gehört habe, war ich richtig wütend. Ich hatte das Gefühl, sie hat mich beschummelt, als sie mir einfach ein Lied vorgesungen hat, das jemand ganz anders für alle gedichtet und gesungen hat. Danach fing es irgendwann an, dass Mama oft nicht mehr so fröhlich war. In meinem

Kopf habe ich lange gedacht, dass das so war, weil ich die Sache mit dem Lied entdeckt hatte, dass ich sozusagen schuld wäre. Aber das ist natürlich Quatsch. Im Gegenteil! Mama sagt immer, wie froh sie ist, dass sie mich hat, und dass sie gar nicht wüsste, wie sie ohne mich auskommen sollte. Wunni meint, dass seine Mama das auch immer zu ihren Kindern sagt. Jedenfalls dann, wenn sie nicht gerade ausflippt und schreit, jetzt hätte sie aber genug von den ständigen Streitereien und sie weiß nicht, wie sie das noch eine Minute länger aushalten soll!

Aber bei uns ist das doch was anderes.

Ich mache Mama ihren Lieblingstee, wenn sie nicht aufstehen kann. Anis-Fenchel-Kümmel-Tee, und ich tue einen Löffel Honig rein, weil Honig gesund ist. Ich rufe im Supermarkt an und sage, sie hat leider Grippe. Und ich bringe sie zum Lachen, bis die Tränen, die ihr runterlaufen, Lachtränen sind und nicht die anderen Tränen.

Der Schleimer Sebastian weiß ja noch nicht mal, was Mama lustig findet! Er kennt sie doch überhaupt nicht!

Sebastian, das war nämlich natürlich der, der an dem Tag mit den Sneakers zum Einkaufen mitkam. Er hat total geschleimt und versucht, nett zu mir zu sein. Wenn er zum Beispiel mein Lehrer gewesen wäre oder der Vater von einem Kumpel, dann hätte ich ihn wahrscheinlich sogar ganz cool gefunden.

Aber auf einmal nahm er Mama an der Hand, als wir über die Straße gingen. Ich sehe immer noch, wie in Großaufnahme, die beiden Hände. Ich weiß nicht, wie Sebastian gemerkt hat, dass mir das nicht recht war, jedenfalls ließ er sofort Mamas Hand los. Aber es war zu spät. Ich hatte es gesehen. Und ab da wusste ich natürlich Bescheid.

Der cleverste Trick der Welt

„Nee, Mama“, rufe ich, „ich komm nicht mit nach Schweden! Denk das bloß nicht! Dann …“ Ich schnappe nach Luft und überlege blitzschnell, und dann sage ich etwas Verrücktes. Das Verrückteste, was mir in den Kopf kommt. „… Dann fahre ich schon lieber zu Oma Renate!“

Uff! Wie gut, dass mir das eingefallen ist! Ich komme mir vor wie das schlaue Krokodil mit seinen cleveren Tricks in diesem einen Bilderbuch, das Mama mir vorgelesen hat, als ich noch klein war.

Denn ich weiß ja, dass Mama sich mit Oma Renate, ihrer Mutter, überhaupt nicht versteht.

Wir waren noch nie in Duderstedt, wo Oma wohnt. Sie hat uns nur manchmal besucht, aber nicht oft. Vielleicht zwei oder drei Mal in den letzten Jahren. Und immer war es, als ob eine Gewitterwolke über unserer Wohnung hängt, und jeden Augenblick kann es anfangen zu donnern und zu blitzen.

Zu mir war Oma ja so weit ganz nett, aber zwischen Mama und Oma hat es gedonnert und geblitzt und gescheppert. Mit ihrer Mutter, also mit Oma, ist Mama ganz anders als mit anderen Leuten. Irgendwie immer gleich tierisch genervt und auf hundertachtzig. Sie erinnert mich dann an Wunnis große Schwester, kurz bevor sie nach einem Streit mit ihrer Mama in ihr Zimmer rennt und die Tür hinter sich zuknallt.

Und deswegen, denke ich, wird Mama auch nicht wollen, dass ich zu Oma Renate fahre, und dem Schleimer Sebastian wird sie absagen.

Echt coole Idee! Ich klopfe mir fast selber auf die Schulter.

Mama seufzt. „Willst du denn wirklich auf keinen Fall nach Schweden? Bene, überleg's dir doch noch mal. Es sind noch nicht mal zwei Wochen! Vielleicht wird es echt nett. Es würde dir so guttun, mal rauszukommen!"

Ich schnaufe wütend. Demnächst wird sie noch sagen, dass sie es eigentlich nur für mich macht. Aber so blöd bin ich ja nun auch nicht.

Mama legt mir die Hand auf den Arm. „Es gibt ein

Boot am See, und man kann auf der Wiese Frisbee spielen und Blaubeeren und Himbeeren pflücken, und ich backe uns Blaubeerkuchen!"

Mama sieht mich an, und ich merke, wie ich weich werde. Nicht wegen Schweden und See und Boot und Frisbee und Blaubeerkuchen, sondern weil ich spüre, wie froh Mama wäre, wenn ich mitkäme. Und ich möchte doch, dass sie froh ist. Aber das ist ja jetzt wohl was anderes! Ich mache mich hart und kalt wie die Statue, die bei uns vor der Stadtbibliothek sitzt und seit fünf Jahren immer auf dieselbe Buchseite starrt.

Blaubeerkuchen für *uns*! Für *uns*! Damit meint sie auch Sebastian. Als ob er schon zur Familie gehört. Und Papa? denke ich. Was wird, wenn Papa nach Hause kommt, und der Schleimer Sebastian sitzt auf dem Sofa? Neben Mama? Wenn ich mitkomme, dann ... dann ist das so, als ob ich Papa nicht die Tür aufmache, wenn er klingelt.

Ich verschränke die Arme und schüttele den Kopf. „Nee, ich komm nicht mit!"

Mama schaut nachdenklich auf den Boden. „Ja, dann ...", sagt sie leise.

Ich boxe fast in die Luft vor Freude. *Man muss nur stark bleiben und darf sich nicht belatschern lassen,* sagt Wunni immer.

„Ja, dann ...", sagt Mama noch mal. „Dann rufe ich jetzt Oma Renate an."

Teil 2

Tag 1

Die Reise, die Ankunft und ein unerwartetes Treffen

Und so sitze ich also auf meinem Fensterplatz im Zug nach Duderstedt. Vor den Fenstern fliegt Landschaft vorbei. Felder, Bäume, Straßen, Autobahnen, Windräder. Ich interessiere mich nicht besonders für Landschaft, und jetzt noch mal erst recht nicht. Ich habe genug anderes zu denken.

Für die zwei Stunden Fahrt hat Mama mir Proviant für eine ganze Schulklasse mitgegeben, auch massig ungesunde Sachen, Gummibärchen und Chips und meine Lieblingsflips. Daran merkt man schon, was für ein schlechtes Gewissen sie hat. Außerdem Taschengeld für den ganzen Monat und noch ein bisschen mehr.

„Falls was passiert und du dir ein Taxi nehmen musst, oder so!“, hat sie mit hoher Stimme gesagt und mich besorgt angesehen. Sie spricht immer mit dieser hohen Stimme, wenn sie aufgeregt und unsicher ist. „Du kannst auch in den Speisewagen gehen und dir ein Kindermenü bestellen!“

Kindermenü! Ich bin zwölf!

Ich esse extra nichts von den leckeren ungesunden Sachen und fische mir ein Vollkornbrötchen aus der Brotbox. Mama ist heute Morgen früh aufgestanden und hat Brötchen aufgebacken und belegt. Aber dass ich keine Salatblätter auf meinem Brötchen mag, das hat sie dabei anscheinend komplett vergessen. Früher hat sie so was nie vergessen.

Ich klappe das Brötchen auf, fiesele mit spitzen Fingern die Salatblätter heraus und lege sie auf die Serviette. Und gerade als ich kurz hinter Göttingen in das Brötchen beiße, kommt Greta Thunberg ins Abteil.

Ich erkenne sie sofort, an ihrem runden Gesicht und den festen, glatt geflochtenen Zöpfen, die etwas abstehen. Ich wundere mich, dass ich mich gar nicht wundere. Dass ich sogar denke: „Na klar, Greta Thunberg fährt ja immer mit der Bahn."

Aber dann schiebt sich das Mädchen auf den Fensterplatz mir gegenüber, und ich sehe jetzt aus der Nähe, dass es natürlich *nicht* Greta Thunberg ist. Aber vielleicht hat sie sich extra so gestylt, denke ich.

„Bist du ein Greta-Fan?", frage ich.

Das Mädchen zieht die Augenbrauen zusammen. „Ein greater Fan? Wie jetzt?"

Ich huste. „Nein, ich meine, ein *Greta-Fan*! Du siehst so aus wie Greta Thunberg, mit den Zöpfen und so."

„Nix", sagt das Mädchen, „ich sehe nicht aus wie

Greta, Greta sieht aus wie ich. Ich hatte schon solche Zöpfe, da waren Gretas Haare noch *so*!“ Sie hält ihre flache Hand von der Seite an ihr Kinn. „Denk ich mir jedenfalls“, sagt sie. „Übrigens – nichts gegen Greta! Ich geh fast auf jede Fridays-for-Future-Demo! Wenn wir so weitermachen mit der Umwelt, sind wir bald nicht mehr da.“

„Wer, *wir*?“

„Na, wir! Die Menschen! Wär ja auch vielleicht gar nicht so schlecht. Für die Welt jedenfalls. Oder?“ Das Mädchen nickt ihrem Rucksack zu.

Ich kenne sonst keine Leute, die mit Rucksäcken sprechen. Mama fühlt sich ja manchmal richtig schlecht, aber sie spricht nie mit Sachen, höchstens mit sich selber. Es ist ein komisches Gefühl. Das Mädchen ist überhaupt ein bisschen komisch.

„Äh – isst du die noch?“, fragt sie und zeigt auf die beiden Salatblätter, die in der Wärme des Abteils schlaff auf ihrer Serviette herumdümpeln.

„Nö“, sage ich. „Kannste haben, wenn du willst. Ich hab aber auch noch Gummibärchen und Schokoladenkekse.“

Das Mädchen winkt ab. „Nee danke, lass mal. Nur die Salatblätter.“

Ich finde sie immer merkwürdiger. Wer will schon verwelkte Salatblätter essen von Leuten, die er gerade im Abteil kennengelernt hat?

Aber das Mädchen isst die Salatblätter gar nicht. Sie

öffnet den Reißverschluss an ihrem Rucksack und lässt die Salatblätter hineinfallen. Warum tut sie alte Salatblätter in ihren Rucksack?

Vielleicht ... überlege ich ... sie scheint ja so naturschutzmäßig drauf zu sein. „Willst du die zu Hause in den Biomüll tun?“, frage ich.

Das Mädchen lacht. „Nee, wenn wir zu Hause sind, gibt's die nicht mehr“, sagt sie. „Hier, guck!“ Sie dreht ihren Rucksack um.

Mir bleibt der Mund offen stehen. Der Rucksack hat vorne eine Art Fenster, und durch dieses Fenster sieht man ein Kaninchengesicht. Das Gesicht von einem weißen Kaninchen, das an meinen Salatblättern herummümmelt.

„Das ist Alice!“, sagt das Mädchen. „Sie sagt dir vielen Dank! Ich hatte vergessen, ihr frisches Futter auf die Reise mitzunehmen, guck mal, wie sie sich freut!“

Ich kann nicht so richtig beurteilen, ob Alice sich wirklich über meine verwelkten Salatblätter freut, an denen noch ein bisschen Käse klebt, aber auf jeden Fall frisst sie sie.

Stattdessen merke ich, dass *ich* mich freue – über Alice, über die Salatblätter, über das Treffen mit diesem komischen Mädchen.

„Mag sie das?“, frage ich. „In diesem Rucksack zu sein?“

Das Mädchen zuckt die Achseln. „Glaub schon. Guck, sie sieht doch ganz zufrieden aus. Ist eigentlich ein Katzenrucksack, aber das ist ihr egal, glaube ich. Wenn sie nicht zufrieden wäre, würde sie versuchen, da rauszukommen. Aber sie ist es gewohnt. Sie war schon immer auf Achse. Schon als ich sie gefunden habe. Ein Reisekaninchen, könnte man sagen."

Alice, das rasende Reisekaninchen. Ich muss grinsen. „Wieso gefunden?", frage ich.

„Das war total krass", sagt das Greta-Mädchen und schüttelt ein bisschen den Kopf, als könnte sie es immer noch nicht ganz glauben. „Ich war in der Straßenbahn, ich wollte zum Judo. Und ich sitz da so und geh im Kopf noch mal die Schritte durch, und auf einmal seh ich, dass unter dem Sitz, mir gegenüber, so 'ne weiße Plastiktüte liegt. Man hat gesehen, dass da was drin war, und ich hab noch so gedacht, da hat sich jemand neue Klamotten gekauft und die Tüte gleich in der Bahn liegen gelassen. Na, das war ja 'ne kurze Freude! Und ich guck die Tüte so an, und auf einmal fängt die an, sich zu bewegen. Ich wär fast vom Sitz gefallen vor Schreck. Aber dann hab ich ganz vorsichtig in die Tüte reingeguckt – und da sitzt Alice drin! Total verdreckt. Und so dünn! Auf ihren Rippen hättest du Klavier spielen können."

„Woher wusstest du denn, dass sie Alice heißt?", frage ich. Bei dieser verrückten Geschichte hätte es mich nicht gewundert, wenn das Kaninchen ein Namensschild um den Hals gehabt hätte.

Das Mädchen verdreht die Augen und hebt ein bisschen

generervt die Arme. „Das wusste ich doch da noch nicht. Alice hab ich sie erst später genannt. Jedenfalls, ich habe sie natürlich mit zum Training genommen und dann mit nach Hause. Den Tragebeutel hatte ich ja sozusagen dazugekriegt.

Zu Hause haben wir sie erst mal gebadet und ihr was zu fressen gegeben. Sie hat sich auf das Futter gestürzt, als hätte sie seit Monaten nichts zwischen die Zähne gekriegt. Mama hat gesagt, wir müssen sie zum Fundbüro bringen.

Aber der Mann vom Fundbüro hat gemeint, er hat kein Kaninchenfutter und vor allem kein Kaninchenklo. Und es geht nicht an, dass überall im Fundbüro Kaninchenkötel rumliegen und es nach Kaninchenpipi stinkt. Wir sollen unsere Telefonnummer dalassen und Alice mit nach Hause nehmen. Falls sich der Eigentümer meldet, sagt er uns Bescheid."

„Und?" Ich beuge mich vor. „Hat er sich gemeldet?"

Das Kaninchenmädchen dreht an ihrem linken Zopf. „Nee, zum Glück nicht. Die ersten Tage hab ich jedes Mal fast 'n Herzinfarkt gekriegt, wenn das Telefon geklingelt hat. Da fand ich sie schon so süß, die Alice! Sie war sofort so – ich weiß nicht –, als hätte sie immer zu uns gehört. Und jetzt meldet der sich bestimmt nicht mehr."

„Was meinst du, wer sie da hat liegen lassen in dieser Tüte, in der Straßenbahn?"

Sie zuckt die Achseln. „Keine Ahnung. Jetzt wohnt sie jedenfalls bei uns."

Durch das Rucksackfenster sehe ich, wie sie Alice zwischen den Ohren krault. „Und wo warst du jetzt?“, frage ich.

„Hab meine Tante besucht.“

Mein Handy klingelt. „In fünf Minuten bist du da!“, ruft Mama so laut, dass das Kaninchenmädchen es hört und anfängt zu grinsen. Wie peinlich ist das denn! „Vergiss nicht auszusteigen!“, schreit Mama noch.

Ich weiß nicht, warum Erwachsene immer meinen, man wäre blöd. Oder ein Baby. Der Einzige, der das nicht denkt, ist mein Papa. Das kann man schon daran merken, dass er meistens weg ist. Oder vielmehr immer. Leider. Aber er weiß, dass ich schon alles hinkriege. Dass ich auf mich aufpassen kann, und außerdem auch auf Mama, wenn das nötig ist. Denn natürlich macht er sich Sorgen um sie, auch wenn sie im Augenblick nicht mehr zusammen sind. Das spüre ich genau.

„Jaaaa, weiß ich“, sage ich zu Mama. „Ich bin ja nicht doof.“

Ich frage sie nicht, wie es ihr geht. Da kann sich ja jetzt der Schleimer Sebastian drum kümmern. Sie wird schon sehen, was sie davon hat. Ich lege auf und ziehe meine Jacke an.

Das Kaninchenmädchen setzt sich den Katzenrucksack auf. Wohnst du in Duderstedt?, will ich fragen, aber dann denke ich, das ist ja wohl superblöd. Wo soll sie wohl sonst wohnen, wenn sie in Duderstedt aussteigt?

„Tschüss!“, sage ich stattdessen, und sie sagt auch „tschüss“, und dann sagen wir nichts mehr. Auch nicht, als der Zug kurz vor Duderstedt zehn Minuten keine Einfahrt hat.

Sie steht vor mir im Gang und steigt vor mir die Stufen zum Bahnsteig hinunter. Und die ganze Zeit sehe ich durch das Rucksackfenster Alice, die mich aus ihren roten Kaninchenaugen nonstop anschaut. Sie sieht irgendwie geheimnisvoll aus, so als ob sie etwas wüsste, was ich nicht weiß.

* * *

Ich klettere die Stufen zum Bahnsteig hinunter. Ich bin ja noch nicht so oft verreist, und wenn, dann immer mit Mama. Dies ist das erste Mal, dass ich alleine auf einem fremden Bahnsteig stehe und mich umschaue nach der Person, die mich abholen soll. Ich kneife etwas die Augen zusammen und scanne so cool wie möglich den Bahnhof ab. Gleichzeitig bin ich froh, dass ich das Handy habe, falls Oma nicht da ist. Aber warum sollte sie schließlich nicht da sein?

Das Kaninchenmädchen ist nach links abgebogen und winkt jemandem zu. Ein Mann mit Brille und wuscheligen Haaren, der am Ende des Bahnsteigs steht, winkt zurück, rennt los und fängt so sehr an zu strahlen, dass man seine Augen fast nicht mehr sieht.

Ich muss ein bisschen schlucken.

Dann sehe ich Oma, die wie ein Felsen genau unter der Bahnhofsuhr steht und mit säuerlichem Gesichtsausdruck auf ihre eigene Uhr schaut.

Oma sieht aus, als wäre sie aus unterschiedlich großen Kreisen zusammengesetzt: Die Figur und das Gesicht und die Augen und die Brille und die Haare, die an Pudellöckchen erinnern. Wenn man Oma zeichnen wollte, würde man nur einen Zirkel brauchen.

„Oma!", rufe ich.

Oma winkt mich zu sich hin. „Komm mal her!", ruft sie zurück. Eigentlich ruft sie nur „Ma' her!".

Oma macht es sich gern bequem, auch beim Sprechen. Aber nicht nur beim Sprechen. Sie rennt nie, und jetzt natürlich auch nicht. Sie steht wie angewachsen und wartet, dass ich komme. „Gentlemen don't run." Das hat sie immer gesagt, wenn sie uns in Langenhagen besucht hat. Obwohl sie ja gar kein Gentleman ist. „Das gilt auch für Damen", hat sie mit spitzen Lippen gesagt, als ich sie mal gefragt habe.

„Gib mir mal 'n Kuss!", befiehlt Oma und hält mir ihre runzlige Wange hin, auf der man aus der Nähe rötliche Puderspuren erkennen kann. „Du bist zu spät", setzt sie hinzu. „Ich warte schon seit zehn Minuten. Man lässt seine alte Großmutter nicht warten!"

„Aber ich kann doch nix ...“, stottere ich. „Der Zug hatte keine Einfahrt!“

„Hm“, knurrt Oma kurz. „Dann ma’ mit!“

Sie geht voraus, und ich komme mir vor, als ob ich ein kleines Schiff bin, das im Fahrwasser eines Ozeanriesen durchs Meer tuckert. Sie marschiert den Bahnsteig entlang wie ein General, und sie muss gar nicht sagen: „Ma’ weg!“ Die Leute springen von ganz allein zur Seite, sodass wir ziemlich schnell am Ausgang sind.

Oma schaut sich um. Und auf einmal – es ist sehr merkwürdig – wird sie eine andere Oma. Eigentlich überhaupt keine Oma mehr, sondern irgendwie ... ein Fan. Ja. Ein Fan, wenn der Star vorbeigeht.

„Haaal-looh!“, kiekst Oma. „Entschuldigen Sie tausend Mal, Herr von Finkelstein! Nun mussten Sie zehn Minuten warten. Und auch noch im Halteverbot! Der Zug von Benedikt hatte keine Einfahrt! Leider!“

Der Mann, der am Straßenrand gegenüber an einem dunklen SUV lehnt, schnipst seine Zigarette zu Boden und kommt auf uns zu. „Auf Sie, gnädige Frau, würde ich auch zehn Stunden warten!“ Er verbeugt sich etwas und legt sich dabei die Hand auf die Brust – eine Hand mit dichten schwarzen Haaren und einem fetten Goldring mit flachem blauen Stein. „Und du ...“, er streckt mir die Pelzhand hin und drückt mir die Finger zusammen, „... du musst der Enkel sein. Benedikt. Willkommen in Duderstedt! Deine Oma hat sich schon so auf dich gefreut!“

Oma schaut mich an, mit einem gütigen Blick, den ich von ihr gar nicht kenne, und streicht mir sanft über den Kopf.

„Sie hat so ein großes Herz, deine Oma!“, sagt Herr von Finkelstein und zeigt mit seinen Pelzhänden die Größe und das Format von einem Medizinball. „Kommen Sie, gnädige Frau, und du, Benedikt. Los geht's!“

Mein Koffer sieht in dem riesigen Kofferraum ganz verloren aus. Ich sitze hinter Oma und Herrn von Finkelstein. Es riecht nach Zigarettenrauch, Herrenparfüm und nach etwas anderem, das irgendwie nicht dazu passt. Ich komme nicht drauf, was es sein könnte. Aber ist ja auch egal, denke ich, als wir durch die engen Straßen von Duderstedt fahren.

Es ist merkwürdig und lustig, sich vorzustellen, dass Mama durch diese Straßen gegangen ist, als sie so alt war wie ich. Und noch viel länger ist sie durch diese Straßen gelaufen, sie ist ja erst zum Studieren nach Hannover.

Und noch merkwürdiger ist es, als ich zum ersten Mal in Wirklichkeit das Haus sehe, das ich bisher nur von Fotos kenne und in dem Mama fast zwanzig Jahre gewohnt hat. Das Haus *Am Runenstein 12*.

Herr von Finkelstein hilft Oma beim Aussteigen und hebt meinen Koffer aus dem Kofferraum. Er wehrt Omas und mein Dankeschön ab. „Aber das ist doch selbstverständlich!“, säuselt er. „Auf Wiedersehen, gnädige Frau. Auf Wiedersehen, Benedikt.“

Oma schaut ihm gerührt nach. „Ein *feiner* Mensch!“, sagt sie mit dieser kieksigen Stimme.

Und dann gehe ich hinter Oma die Eingangstreppe hinauf, die gewunden ist wie ein Schneckenhaus. Genau in ein Abenteuer, das noch viel abenteuermäßiger ist, als nur allein zu verreisen.

Tag 2

Teppichtippen, Mia und Ole und Harken bei Opa

„Bene, heb e' mal die Tippen vom Teppich auf!" Oma zeigt auf zwei winzige weiße Flusen, die sich mitten auf dem dunkelroten Teppich schüchtern aneinanderkuscheln wie zwei verlorene Schäfchen. Mit bloßem Auge sind sie kaum zu erkennen, aber wahrscheinlich hat Omas Brille einen Spezialdetektor für Teppichtippen.

„Kämm e' mal die Fransen!"

Oma hat extra einen Fransenkamm für die Teppichfransen, der *immer* an derselben Stelle liegen muss: unter dem rechten Bücherregal ganz links. Gerade so weit untergeschoben, dass man ihn von oben nicht sehen kann.

„Wie sieht das sonst aus!", sagt Oma. „Wenn jemand kommt!"

Ich verdrehe die Augen und hebe die Tippen auf und kämme die Fransen und schiebe den Fransenkamm zentimetergenau wieder an die richtige Stelle, während Oma mir erzählt, wie dünn sie früher war – eine Elfe! – und wie viele Herzen sie gebrochen hat.

„In einem Sommer hatte ich dreizehn Verehrer! Dreizehn! Kannst du dir das vorstellen? Das war der Sommer, wo ich Blaubeerkönigin war. Habe ich dir das schon mal …"

Ich stelle schnell die Ohren auf Durchzug, denn Oma hat mir das alles schon gestern Abend beim Essen erzählt, aber das weiß sie vielleicht nicht mehr, vor lauter Ärger über die Teppichtippen.

Ob es eine Omaschule gibt, in der man lernt, sinnlose Tätigkeiten für seinen Enkel zu erfinden? Dann war meine Oma bestimmt Klassenbeste! Alle anderen Großmütter haben versagt und sind nett und normal geblieben. Wie Wunnis Oma mit ihren Päckchen und Plätzchen und Seniorenreisen, von denen sie Wunni Lübecker Marzipan und Elbkiesel aus gefärbtem Zucker mitbringt.

Meiner Oma hingegen fällt *noch* was ein: „Spring e' mal 'nunter mit deinen jungen Beinen", trällert sie, „und geh bei Opa harken!"

Opa ist schon ziemlich lange tot. Er ist vor meiner Geburt gestorben, aber ich weiß, wie er aussieht, die Wohnung ist voller Fotos von ihm. Er sieht nett und lustig aus mit seinen grauen Wuschelhaaren, die früher schwarz waren wie die von Mama. Er *war* auch nett, sagt Mama. Schade, denke ich, dass ich ihn nicht mehr kennengelernt habe.

Okay, geh ich halt bei ihm harken.

Oma erklärt mir dreimal den Weg zum Friedhof und lässt mich ihre Telefonnummer auswendig lernen. „Falls was passiert, Bene!“ 65000. „Sechs, fünnef, *drei*mal die Null!“, sagt sie überdeutlich, als wäre es ein schwieriger Geheimcode mit mindestens fünfundzwanzig Zeichen.

„Und sei bloooß vorsichtig“, stöhnt sie, „es passiert ja so viel!“ Dann liest sie mir mit düsterer Stimme schreckliche Nachrichten aus der Zeitung vor. Von Kidnappern und Mördern und Handtaschenräubern, die vom Motorrad aus alten Damen die Handtasche entreißen und unanständige Wörter schreien, bevor sie davonknattern.

Oma liebt solche Geschichten, wahrscheinlich weil ihr Leben so langweilig ist. Wenn man ein paar Stunden mit ihr zusammen ist, hat man das Gefühl, die Welt besteht hauptsächlich aus Teppichtippen, Fransenkämmen und Verbrechern.

Ich springe also mit meinen *jungen Beinen* die runde Eingangstreppe von Omas Haus runter – hinaus in die Welt der tausend Gefahren. Meine Beine wundern sich, dass es so viele Stufen sind und nicht nur fünf, wie zu Hause, und dass es immer so um die Kurve geht.

Aber da stehe ich schon auf dem Vorplatz des Hauses und gehe nach *links* den Kiesweg entlang, wie Oma gesagt hat, *dreimal* gesagt hat. Und auf einmal höre ich im Kies Schritte hinter mir – Mörderschritte. Es sind sogar zwei Mörder, das hört man deutlich.

Ich weiß natürlich, dass es keine Mörder sind, aber

mein Bauch weiß das anscheinend nicht. Er krampft sich kurz zusammen und sendet eine Whatsapp an mein Herz, das sofort anfängt, ziemlich schnell zu pochen. Wahnsinn, denkt mein Kopf, *einmal* liest mir jemand von entführten Kindern und Mördern vor, und schon sehe und höre ich überall welche. Man muss echt aufpassen, was man sich für Mist ins Gehirn gluckern lässt!

Sicherheitshalber drehe ich mich doch kurz um, aber ich tue so, als würde ich meine Sneakers neu zubinden. Denn wenn die Mörder denken, man hätte Angst vor ihnen, hat man schon verloren, das ist ja bekannt.

Hinter mir stehen zwei Kinder. Ein Junge mit blonden Haaren und Sommersprossen und einer Cap verkehrt rum auf dem Kopf. Und ein Mädchen mit rundem Gesicht, schmalen Augen und fest geflochtenen Zöpfen. Wieder ist es nicht Greta Thunberg. Klar, die echte Greta Thunberg hat ja auch anderes zu tun, als sich mit mir abzugeben.

„Mensch, du bist es!“, rufe ich. Ich freue mich so sehr, jemanden zu sehen, der sich weder für gekämmte Teppichfransen noch für ausgeraubte alte Damen interessiert, dass sich meine Mundwinkel fast hinter meinem Kopf treffen. Leider kann ich nur „Mensch“ und „Du“ sagen, ich kenne den Namen des Kaninchenmädchens ja nicht. „Wo hast du Alice gelassen?“

„Das rasende Reisekaninchen?“ Das Kaninchenmädchen grinst zurück. „Die ist mit der Straßenbahn nach Gera unterwegs. Kauft sich wahrscheinlich gerade ein

Ticket. Wenn sie nicht wieder ihr Geld verloren hat. Das letzte Mal ist sie schwarzgefahren und erwischt worden. Sie musste sechzig Euro bezahlen."

„Musste sie gar nicht!", sagt der Junge und zieht seine Augenbrauen so heftig zusammen, dass sie sich über der Nasenwurzel fast verknoten. „Das erzählst du nur, weil du Alice in der Bahn gefunden hast! Dabei ist sie zu Hause und buddelt den Garten kaputt. *Du* darfst Quatsch erzählen, soviel du willst, aber wenn ich was sage, dann seid ihr alle genervt!"

„Bei mir ist es klar, wenn ich Quatsch erzähle", sagt das Mädchen ungerührt. „Und ich glaube meinen Quatsch auch nicht selber."

Der Junge verschränkt beleidigt die Arme und holt Luft, wie um etwas zu sagen. Aber das Kaninchenmädchen winkt ihm, dass er still sein soll, und fragt mich: „Und? Was machst du hier? Wohnst du jetzt hier?"

„Nee", antworte ich, „ich besuche meine Oma. Die wohnt da drüben." Ich zeige mit dem Kinn auf das Haus *Am Runenstein 12*.

Der Junge knotet seine Augenbrauen wieder auf und schaut fasziniert zu Omas Haus. „Du wohnst in dem Haus mit der Schneckentreppe?", fragt er. „Krass! Weißt du zufällig, wer das gebaut hat?"

Ich zucke mit den Schultern. „Keine Ahnung."

„Du musst das unbedingt rauskriegen!", sagt der Junge eifrig. „Ich hab nämlich *die* Theoriiiie …" Er zieht das i von *Theorie* so lang, dass es klingt wie eine etwas runtergedimmte Polizeisirene. „Ich hab die Theorie, dass der Architekt in seinem früheren Leben eine Schnecke war. Das ist klar wie Kakerlakenkack, wenn man richtig drüber nachdenkt!“

„Klar wie was?“ Erst mal die Wörter klären, die man nicht versteht, denke ich verwirrt. Das hat unser Deutschlehrer, Herr Heldenschön, uns eingeschärft. Und dann der Rest vom Text!

„Kakerlakenkack“, wiederholt der Junge. „Hab ich mal in einem Buch gelesen. Wenn der Architekt nämlich früher eine Schnecke war“, überlegt er weiter, „also, dann, dann erklärt das, warum er immer noch so schneckenhausmäßige Sachen baut. Man müsste halt wissen, was er noch gebaut hat. Und wenn das auch alles so aussieht ...“, der Junge bekommt blitzende Augen und beugt sich begeistert vor, „... dann hat man den Beweis! Man behält ja immer was aus seinem früheren Leben. Wusstest du das?“

Ich starre ihn verdattert an. Er kommt mir vor wie eine gut gelaunte Dampfwalze, die mit unaufhaltsamer Kraft einen Gedanken so lange in alle Richtungen platt walzt, bis sich niemand mehr vor dem Gedankenbrei retten kann, der nicht rechtzeitig zur Seite springt.

„Dann warst du in deinem früheren Leben vermutlich kein Bruder, sondern so was wie ein Papagei oder ein Wellensittich, die quasseln ja auch ständig“, sagt das Mädchen wie aus der Pistole geschossen. Sie grinst und duckt sich weg, damit ihr Bruder sie nicht in die Seite knuffen kann.

Aber auf einmal …

„Pass auf, tritt da nicht drauf!“, schreit sie mich an.

Ich zucke zusammen und stoppe meinen rechten Fuß genau vor dem Aufsetzen. Zuerst denke ich, da ist ein Hundehaufen, aber auf dem Weg ist nichts.

„Na, da!“, ruft sie ungeduldig und zeigt mit kerzengerade ausgestrecktem Zeigefinger nach unten. Und wirklich, zwischen den Kieselsteinen krabbelt ein ziemlich kleiner Käfer, rot mit schwarzen Tupfen. Aber es ist kein Marienkäfer, sondern …

„Eine Feuerwanze!“, ruft das Mädchen begeistert. „Die sind so süß! Und du wärst fast draufgetreten!“

Sie reißt ein Blatt von dem Holunderbusch am Weg ab, schiebt es vorsichtig unter den Käfer, trägt ihn zum Wegrand und lässt ihn ins Gras krabbeln.

„Da kommt er aber gerade her“, sage ich, „jetzt muss er den ganzen Weg wieder neu kriechen.“

„*Sie*“, sagt das Mädchen. „*Die* Feuerwanze. Besser, als wenn du sie totgetreten hättest. Wie heißt du eigentlich?“

„Bene. Und ihr?“

Das Mädchen zeigt mit dem Kopf auf den Jungen. „Das ist Ole, mein Bruder. Und ich heiß Mia.“

„Mia und Ole.“ wiederhole ich. „Wollt ihr mit zum Friedhof?“

* * *

In Filmen, vor allem in Filmen, die eigentlich für Ältere sind und die ich manchmal heimlich mit Wunni gucke, sind Friedhöfe ja immer Orte des Grauens. Man möchte den Leuten im Film ständig zurufen: „Geht da nicht hin, es passiert gleich was!“, aber natürlich hören sie es nicht, und anscheinend haben sie auch noch nie einen Gruselfilm gesehen. Sie gehen natürlich doch. Müssen sie ja, sonst wär der Film sofort zu Ende. Nachts, um Mitternacht, als Mutprobe gehen sie dahin. Und schon an dem Nebel, der zwischen den Kreuzen herumwallt, und an der unheimlichen Musik merkt man, dass es gleich aber so was von gefährlich wird. Und da öffnet sich mit Knarzen und Ächzen auch schon das erste Grab, und …

„Schön hier, oder?“, seufzt Mia. „Friedhöfe, wusstest du das, sind ein Hort für die Tierwelt!“

Ich tauche aus meinen gruseligen Gedanken auf. „Was sind die? Ein Mord für die Tierwelt? Wie jetzt?"

Mia verdreht die Augen. „Ein Hoooort, Mann!", ruft sie. „Ein sicherer Hafen, wo sie ihre Ruhe haben, weil die Leute sich hier benehmen und sie nicht stören. Hunde dürfen hier auch nicht frei rumlaufen. Gibt hier total viele Tiere. Da vorne in der Tanne brütet eine Ringeltaube. Und drüben in der Hecke ist ein Eichhörnchennest."

„Woher weißt du das so gut?", frage ich.

„Bin oft hier", sagt Mia. „Über den Friedhof, das ist die Abkürzung zu unserer Schule."

„Eigentlich sollen wir hier nicht langgehen", sagt Ole. „Weil das die Totenruhe stört. Aber wenn ich zum Beispiel tot wär", Ole beugt sich vor und sprudelt seine Theorie heraus wie ein Wasserhahn, der sich nicht mehr zudrehen lässt. Ich habe noch nie jemanden erlebt, der so wenig tot war wie Ole. „Also, angenommen, ich wär tot, ich würd mich doch freuen, wenn mal jemand vorbeikommt. Muss doch langweilig sein, hier immer so alleine rumzuliegen. Wenn ich groß bin, eröffne ich ein Restaurant mitten auf dem Friedhof. Auf jedem Grab steht ein Tisch mit so 'ner weißen Tischdecke. Da kann man dann sitzen und das Lieblingsessen von seinem Opa bestellen. Und der Opa ist irgendwie auch wieder dabei."

Für einen Augenblick sehe ich in meinem Kopf einen Friedhof voll fröhlicher Menschen, die sich mit leckerem Essen vollstopfen. Opa Benedetto würde das bestimmt mögen, denke ich, als ich den Zettel aus der Hosentasche krame, auf den Oma mir *genau* aufgezeichnet hat, wo ich hinmuss. Eigentlich brauche ich den Zettel gar nicht, weil Oma es mir noch zusätzlich dreimal erklärt hat: Vom *Eingang* aus in den *Mittelgang*, dann *rechts* in den *dritten* Weg und dann das Grab Nummer *zwo*undfünfzig!

Die wichtigen Wörter spricht Oma immer so aus, als hätten sie nur Großbuchstaben. Und sie sagt *zwo* statt zwei, damit ich es nicht mit drei verwechsele und aus Versehen das falsche Grab harke.

Mia stößt mich an. „Boah, guck mal, ein *kleiner Fuchs*! Und noch einer! Ich sag's doch, hier gibt's total viele Tiere!"

Sie zeigt auf das Grab Nummer 53. Die Erde ist dort sorgfältig geharkt und um den Rand ein ordentliches Rechteck aus frisch gepflanzten Blumen: Margerite, Vergissmeinnicht, Studentenblume. Margerite, Vergissmeinnicht, Studentenblume. Weiß, Blau, Orange. Weiß, Blau, Orange. Wie eine Mauer aus bunten Legosteinen, die ein sehr ordentliches Kind gebaut hat. Ein Fuchs ist allerdings weit und breit nicht zu sehen, noch nicht mal ein ganz kleiner. Aber ich weiß ja, dass Mia manchmal Quatsch erzählt.

„Schon klar", grinse ich. „Der Fuchs ist so klein, dass man ihn mit bloßem Auge nicht sieht, oder was?"

„Nee", erklärt Mia. „Schmetterlinge sind das, die heißen so! Da, der eine ist gerade auf die Margeriten geflogen! Und der andere sitzt genau unter dem I, siehst du?" Sie zeigt auf den verwitterten Grabstein. Der Name darauf ist nur noch schwer zu erkennen, aber der erste Buchstabe ist klar ein I, und darunter sitzt ein braun-oranger Schmetterling und klappt schläfrig seine Flügel auf und zu.

Mia nickt zufrieden. „Find ich gut, dass hier jemand mal Blumen für die Schmetterlinge pflanzt und nicht bloß so Grünzeug! Das sollte deine Oma auch mal machen, statt immer nur zu harken!"

„Ach ja, das Harken!" Das hätte ich fast vergessen.

Die Harke steht *hinter* dem Grabstein, wie Oma gesagt hat. Ich lockere die Erde zwischen den grünen Pflanzen und den zwei kleinen Steinplatten auf und harke dann *eine Harkenbreite* ums Grab. Dann stehe ich da, mit der Harke in der Hand, und schaue auf meine Arbeit.

„Und jetzt?", frage ich. „Ihr seid doch praktisch zu Hause auf dem Friedhof. Wie kriegt man denn jetzt die Harke wieder hinter den Grabstein, ohne dass man auf das Geharkte tritt?" Ich bin echt froh, dass Mia und Ole mitgekommen sind. Wegen der Harkerei und auch sonst.

„Du kennst dich aber auch gar nicht aus mit den wichtigen Sachen im Leben. Gib mal!" Mia schnappt sich die Harke und macht fast Spagat über das Geharkte, sodass sie mit einem Fuß auf dem flachen Stein im Grab steht. Dann beugt sie sich so weit nach vorne, dass ihre Greta-Zöpfe den Efeu streifen, zirkelt die Harke hinter den Grabstein und wuselt sich wieder zurück.

„Cool!“, sage ich. „Das war ja wie im Ballett! Aber ist doch eigentlich voll übertrieben, oder? Wenn der nächste drüberlatscht, sieht man doch schon nichts mehr von dem Geharkten.“

Mia zuckt die Achseln. „Es latscht keiner drüber. Jedenfalls keiner, der sich mit den Regeln hier auskennt.“

Tag 3

Kuchen mit guter Butter und ziemlich viele Tiere

Als ich am nächsten Morgen in Mamas altem Bett aufwache und die Sonne durch das schräge Bodenfenster scheint, habe ich sofort gute Laune. Irgendwas Cooles ist heute, das ist mal klar. Langsam wacht auch mein Gehirn auf und erinnert mich daran, dass ich ja heute zu Mia und Ole kommen soll.

„Wir machen Popcorn", hat Ole gesagt. „Das wird sowieso immer so viel, dass wir fast drin ertrinken. Da kannst du kommen und es mit uns aufessen."

Ich ploppe selber wie ein Popcorn-Korn aus dem Bett, springe unter die Dusche und reiße dabei vor Beeilung fast den alten Duschvorhang aus dem letzten Jahrtausend runter, der sich nass und glitschig in meine Beine verwickelt.

Ich rubbele mich trocken und denke, wie toll es ist, dass ich Mia und Ole kennengelernt habe. Fast zwei Wochen Teppichtippen und Geschichten von Mördern und Blaubeerköniginnen und geklauten Handtaschen – wer soll so was aushalten!? Ohne Mia und Ole wäre ich wahrscheinlich vor Langeweile vertrocknet. Wie der Tümpel bei uns in der Eilenriede, als es mal einen ganzen Monat nicht geregnet hatte und fast kein Wasser mehr drin war, nur noch so bröckeliger grünlicher Schlamm.

Bei Oma hört man, wie die Zeit vergeht. Langsamer irgendwie als woanders. Man hört, wie ihre Zeitungsseiten rascheln und die Wanduhr tickt. Es riecht sogar langweilig, irgendwie muffig und abgestanden, nach alten Kleidern und Vergangenheit. Manchmal allerdings riecht es auch nach Essen und Kuchen. Und das riecht dann ziemlich gut.

Oma brutzelt Fleischklößchen und schält Kartoffeln und backt Kuchen – mit *guter* Butter! Den Rest der Zeit sitzt sie breit und majestätisch in ihrem Königssessel aus rotem Samt und liest. Entweder Mördergeschichten oder das *Goldene Wochenblatt*. Wenn Oma nämlich eine Sache noch mehr liebt als Gruselstorys von Verbrechern und Verbrechen, dann sind es Geschichten über Adlige und Königsmütter und Königskinder. Sie erzählt immer, wer wen geheiratet und ein Kind gekriegt hat und bei wem es in der Ehe kriselt.

„Furchtbar! So ein nettes junges Paar! Und so hübsche Kinder!“, jammert Oma. „Aber das mit dem Kriseln“, sagt sie, „das liegt nur an der Presse. Die sind ja wie die Geier, diese Presseleute.“ Und dabei schnappt sie sich ein neues *Goldenes Wochenblatt* von dem Zeitungsstapel neben ihrem Sessel.

Nur von unserer Familie erzählt Oma nie. Gestern habe ich sie, nach ungefähr hundert königlichen Scheidungsgeschichten, gefragt, warum *meine* Eltern sich damals eigentlich getrennt haben. Da ist sie zugeschnappt wie die Mausefalle, in der Wunni und ich letztes Jahr diese Maus gefangen haben.

Die Maus hatte sich irgendwie in Wunnis Keller verirrt. Wir haben sie dann im Stadtpark freigelassen, aber nicht zu weit weg, damit sie ihre Kumpels noch wiederfindet. Schade eigentlich, ich hätte sie gern behalten, sie war lustig mit ihren Mäusezähnchen und ihren kleinen runden Knopfaugen.

„Weiß ich doch nicht, warum sich deine Eltern getrennt haben!“, hat Oma geschnarrt und ihren Mund so schmal gemacht wie ein Lineal. Und dann hat sie sich in ihren Königssessel zurückgeworfen, die Arme gekreuzt und sich zurechtgeruckelt, als wollte sie für die nächsten 24 Stunden nicht mehr aufstehen.

Vielleicht weiß sie es ja wirklich nicht, habe ich gedacht, und es ist ihr peinlich. Oma denkt nämlich, sie weiß alles. Vor allem natürlich alles besser. Das ist wahrscheinlich auch der Grund, warum Mama und sie sich immer streiten.

Aber zehn Tage halte ich es schon aus mit ihr, denke ich, während ich die Bodentreppe runterbrettere, die nach zwei Windungen genau im Wohnzimmer endet.

Oma ist zwar fast immer brummig und kommandiert mich rum wie ein verschrumpelter General mit Gesundheitsschuhen und Goldrandbrille, aber jetzt habe ich ja Mia und Ole.

Ich bin ganz hibbelig vor Freude, als ich Omas Rührkuchen mit *guter* Butter in mich hineinstopfe und dazu Kakao aus einem Becher mit dem Bild der englischen Königsfamilie trinke.

„Schling nicht so!", keift Oma. „Dafür hab ich mir nicht die ganze Mühe gemacht. Wenn du dich verschluckst, dann …"

Aber ich erfahre nie, was dann passiert. Denn es klingelt, und ich denke schon, cool, das sind vielleicht Mia und Ole, die mich abholen. Aber es sind nicht Mia und Ole. Es ist dieser Herr von Finkelstein in karierten Hosen und weißem Hemd, mit blitzendem Goldring und einer schicken schwarzen Tragetasche über der Schulter.

„Gnädige Frau …", säuselt er und stellt umständlich seine Tasche ab. Er beugt sich über Omas Hand, als wollte er daran riechen. „Sie werden mit jedem Tag jünger!"

Omas Augen glänzen wie die polierten Wasserhähne in ihrem Badezimmer. „Sie Schmeichler!“, gurrt sie zurück und zupfte sich die Haare zurecht. „Dabei bin ich noch gar nicht frisiert. Aber nehmen Sie doch Platz! Darf ich Ihnen eine Tasse Kaffee anbieten?“

Sie springt auf und holt eine von den *guten Tassen* aus der Vitrine und dazu eine bestickte Stoffserviette.

Wenn das stimmen würde, denke ich, dass sie jeden Tag jünger wird, dann sind wir, Oma und ich, irgendwann genau gleich alt. Man müsste das mal ausrechnen. Vielleicht …

„Benedikt?“ Oma tippt mir auf den Arm. „Benedikt, Mittagessen gibt's heute erst um halb drei. Wolltest du nicht gerade rausgehen und schön spielen?“

Ich sehe Oma ein bisschen erstaunt an, denn genau das wollte ich ja, aber gesagt habe ich es ihr nicht. Und ich habe meinen Kakao noch nicht ausgetrunken, und mein zweites Stück Kuchen mit *guter* Butter ist auch nur angebissen. Außerdem springt man nicht einfach so vom Tisch auf. Man fragt, ob man aufstehen darf, das hat sie mir selber gerade gestern noch gesagt.

Deshalb bleibe ich erst mal sitzen wie angeklebt, nehme in Zeitlupe noch einen Schluck von meinem Kakao und sage, höflich wie der kleine Lord persönlich: „Darf ich bitte aufstehen, Großmutter?“

„Ja, du darfst!“, schreit Oma. „Nimm dir dein Stück Kuchen mit! Und Sie, Herr von Finkelstein?“ Ihre Stimme wird wieder ganz kieksig. „Auch ein Stückchen?“

„Da sage ich nicht Nein, gnädige Frau“, schleimt Herr von Finkelstein.

Das Letzte, was ich von ihm sehe, als ich mich noch mal umdrehe, ist sein Hintern in der karierten Hose, der ein bisschen hervorstippt, als Oma ihm seinen Teller hinhält und er sich verbeugt.

* * *

Als ich bei Mia und Ole klingele, höre ich ein dumpfes Bellen hinter der Tür.

Mein Herz wummert sofort los, lauter als zehn kläffende Köter zusammen. Nicht dass ich Angst vor Hunden habe! Jedenfalls nicht vor diesen niedlichen wuscheligen Fellzwergen, die auf ihren kleinen Krallen so aufgeregt und eifrig über den Bürgersteig tippeln, dass man es manchmal leise klickern hört. So einen hätte ich selber gern! Nur leider ist Mama allergisch gegen Hundehaare, und deshalb geht es nicht.

Aber um große Hunde mache ich lieber einen Bogen. Das ist natürlich eine reine Vorsichtsmaßnahme! Ich latsche cool und lässig auf die andere Straßenseite und versuche, so breitbeinig und wiegend zu gehen wie der große Bruder von Darik. Schließlich soll niemand auf die Idee kommen, ich könnte Schiss haben. Hab ich ja auch nicht. Eigentlich.

Jetzt kann ich keinen Bogen machen. Die Tür geht mit

einem Ruck auf, und ein riesiger weißer Hund mit zotteligem Fell springt mich an. Für einen Augenblick spüre ich seinen Hundeatem im Gesicht und seine Pfoten auf meinen Schultern. Das Herz ploppt mir aus dem Mund und klatscht irgendwo auf dem Fußboden auf. Es würde mich nicht wundern, wenn das Riesenvieh es mit einem Happs verschlingen würde.

„Aus!“, ruft Mia. Ich hätte sie fast geküsst, weil sie mich gerettet hat.

Sie tätschelt dem riesigen Hund den Kopf und strahlt mich an. „Das ist Carmencita. Hast du gemerkt, wie sie dich gleich mag? Ist sie nicht süß? Du kannst sie ruhig streicheln!“

Ich schlucke, sehe Carmencita vorsichtig von der Seite an und strecke in Zeitlupe die Hand aus. „Alles in Ordnung!“, sage ich und mache meine Stimme so tief und beruhigend wie möglich. Hunde darf man nicht erschrecken, das ist ja bekannt. Aber vor allem darf man ihnen nicht zeigen, dass man Angst hat. Sonst schnappen sie sofort zu und beißen einem die Hand ab. Das Fell unter meinem Zeigefinger ist weich und fühlt sich kuschelig an. „Hallo, Carmencita!“, sage ich, so cool ich kann. „Ist sie aus Spanien?“

Mia winkt mir. „Komm, wir gehen auf die Terrasse. Hier geht’s lang.“ Sie führt mich durch den Flur und das Wohnzimmer. „Nee“, sagte sie, „die ist von hier. Aus der Torkoppel. Sie hat früher Herrn Dabelstein gehört, aber der ist vor ein paar Wochen ins Altersheim, da haben wir sie genommen. Wie kommst du auf Spanien?“

Ole sitzt schon am Terrassentisch unter der gelben Markise und schaufelt sich aus einer Riesenschüssel Popcorn in den Mund.

Ich schiebe mich auf einen Stuhl. „Na ja, Carmencita … der Name ist doch irgendwie spanisch, oder?“

Ole kaut den Mund leer. „Sie heißt eigentlich anders“, erklärt er. „Aber auf ihrem richtigen Namen liegt ein Todesfluch. Hab ich rausgefunden. Hier, nimm!“ Ole schiebt mir die Popcornschüssel hin. „Es ist nämlich klar wie Kakerlakenkack“, sagt er. „Weil der Herr Dabelstein, der hatte in seinem Leben fünf Hunde.“ Ole hält seine linke Hand hoch und spreizt die Finger. „Und die hießen alle –“ Ole formt das Wort nur mit den Lippen, sodass ich es kaum hören kann. „Sie hießen alle … *Minnie*. Und, pass auf, jetzt kommt’s!“ Ole macht eine dramatische Pause.

„Was?“, frage ich.

„Tot“, sagt Ole mit tragischer Stimme. „Mausetot. Alle. Einer nach dem anderen. Und vorher schon die Urgroßtante von Herrn Dabelstein. Mit 103. Die hieß auch so“, flüstert Ole. „Und sein Wellensittich. Käfigtür auf. Fenster auf. Katze. Zack!“ Ole zieht seine flache Hand über seinen Hals und nickt betrübt. „Er hat alle seine Tiere nach seiner Urgroßtante Minnie genannt. Das hätte er mal lieber nicht machen sollen. Aber er wusste das halt nicht mit dem Fluch."

Ole krault Carmencita am Hals und hält ihr eine Handvoll Popcorn hin. „Als ich das rausgekriegt hatte, haben wir sie natürlich sofort umbenannt. In Carmencita. Gerade noch rechtzeitig! Und siehst du, sie lebt noch. Das ist der Beweis."

Ich muss grinsen. Ole ist ja echt ein netter Kerl, denke ich. Und wenn er halt dran glaubt ... „Ist ja auch ein schöner Name", sage ich. „Hallo, Carmencita!"

Der Hund reagiert nicht.

„Das ist das Problem", erklärt Ole traurig, „Sie hört fast gar nicht auf Carmencita. Deswegen nennen Papa und Mama sie immer noch ... äh ... mit dem alten Namen."

„Aber wenn doch da ein Fluch draufliegt?", frage ich.

Ole hebt resignierend die Hände und zuckt mit den Schultern. „Vielleicht", murmelt er und nimmt sich noch mehr Popcorn, „vielleicht liegt da ja auch *kein* Fluch drauf."

***

Als wir uns alle so mit dem Popcorn vollgestopft haben, dass wir nicht mehr *Pop* und auch nicht mehr *Corn* sagen können, nehmen Mia und Ole mich mit in den Garten.

Ich lerne die Mama von Mia und Ole kennen, die gerade einen neuen Stall für Alice zimmert und sich, genau als wir auf sie zukommen, mit dem Hammer auf den Daumen haut und Wörter sagt, die Mütter sonst eigentlich nicht sagen.

Ich begrüße den Hahn und die fünf Hühner, die Mia vor der Massentierhaltung und einem frühen Tod gerettet hat. Sie haben alle russische Namen, weil Ole meint, es könnte vielleicht, eventuell, in Wirklichkeit die russische Zarenfamilie sein, die vor über hundert Jahren ermordet worden ist und jetzt als Hühner wiedergeboren wurde.

„Das war *so* schrecklich und gemein damals“, sagt Ole. „Niemand hat sie gerettet, da ist es doch toll, wenn sie wenigstens jetzt als Hühner weiterleben dürfen.“

Ich sehe Alice wieder, die gerade versucht, sich unter dem Zaun durchzubuddeln.

Und dann treffe ich noch den Goldfisch Silver, den Mia vor zwei Jahren zum Geburtstag bekommen hat. Er lebt mit einer Wasserpflanze in der Badewanne, bis Mias und Oles Papa Zeit findet, im Garten einen Teich für ihn zu bauen.

„Aber dann könnt ihr doch nie baden!“, rufe ich.

„Wir duschen“, erklärt Mia. „Im Gästebad. Und wenn wir wirklich mal baden wollen, dann fangen wir Silver mit dem Salatsieb ein und setzen ihn in Oles alte Babybadewanne – und die Wasserpflanze auch. Wenn wir zu Ende gebadet haben, kommt er wieder in die große Badewanne. So hat er immer mal eine Abwechslung.“

„Warum tut ihr Silver denn nicht raus, in die Natur?“, frage ich. „Vielleicht in den Teich im Stadtpark?“

„Ich glaube nicht, dass er das will“, sagt Mia. „Er fühlt sich wohl bei uns.“

Wenn ich der Goldfisch Silver wäre, denke ich auf dem Weg nach Hause, dann würde ich mich bei Mias Familie auch wohlfühlen. Und auch, wenn ich nicht der Goldfisch Silver wäre.

So einen lustigen und verrückten Tag hatte ich noch nie!

Und dann, als ich kurz vor Omas Haus bin, sehe ich auch noch den Hund meiner Träume! Er ist nicht riesig und gefährlich wie Minnie-Carmencita, sondern noch ganz jung und so klein, dass er in eine große Tasse passen würde. Am liebsten würde ich sofort sein wuscheliges Fell streicheln und ihn ganz zart hinter seinen seidigen Ohren kraulen. Aber er gehört ja nicht mir, und so ein Hund wird auch nie mir gehören, denke ich wehmütig.

Er sitzt auf dem Arm einer Frau, die aus dem Haus kommt und ihn langsam und vorsichtig wie ein Baby die runde Haustürtreppe hinunterträgt. Als sie schon an ihrem Auto ist, winkt sie mir zu, obwohl wir uns gar nicht kennen. Dann setzt sie den kleinen Hund auf die

Rücksitzbank, in einen Korb vermutlich, und fährt davon.

Schade, denke ich, dass sie gerade jetzt wegmuss. Aber vielleicht kann ich sie und den Hund mal besuchen. Ihr Name steht ja auf dem Klingelschild unter Omas Namensschild: *Glückland*. Glückland, denke ich, klar, jemand, der so heißt, hat ja wohl automatisch immer Glück, und dazu gehört auch, dass man so einen süßen Hund hat.

Ich seufze und drücke auf Omas Klingelknopf, und eine Sekunde später, viel schneller, als Oma jemals den Türöffner drücken könnte, springt mit einem Ruck die Tür auf, und im Türrahmen steht – *plopp*! – Herr von Finkelstein. So unerwartet wie das Schachtelteufelchen, das ich mal im Spielzeugmuseum gesehen habe.

Ich kriege fast einen Herzinfarkt vor Schreck. Dabei sieht Herr von Finkelstein gar nicht furchterregend aus, sondern zufrieden. Wie ein sehr zufriedener Kater irgendwie, der gerade mehrere Mäusefamilien und zum Nachtisch noch ein Schälchen Sahne verdrückt hat. Es würde mich nicht wundern, wenn er anfinge zu schnurren.

Ich rücke zur Seite, um ihm Platz zu machen. Auch Herr von Finkelstein schiebt höflich seine Schultertasche nach hinten, damit ich vorbeikann.

„Deine Oma wartet schon auf dich“, sagt er mit seiner Säuselstimme. „So eine nette Frau, deine Oma!“ Er winkt mir mit seinen Pelzhänden und lässt den Goldring blitzen.

Dann federt er die runde Treppe hinunter, verstaut seine Schultertasche im Kofferraum und fährt mit aufheulendem Motor davon.

Bei Oma im Wohnzimmer riecht es nach Herrn von Finkelstein, als wäre er noch da – nach Zigaretten und Herrenparfüm und diesem anderen komischen Geruch.

Oma schiebt hastig eine Tiefkühlpizza in den Backofen. Wahrscheinlich hatte sie keine Zeit, richtig zu kochen, weil Herr von Finkelstein da war.

Was machen alte Leute wohl, wenn sie sich treffen? Obwohl, Herr von Finkelstein ist ja noch gar nicht so besonders alt.

Frau Ringelblum, in Langenhagen von nebenan, spielt immer Halma mit ihren Freunden, hat sie Mama mal erzählt.

„Habt ihr Halma gespielt?“, frage ich.

Oma sieht mich an, als wäre ich vom Mond gefallen. „Was?“

„Herr von Finkelstein und du. Er war doch die ganze Zeit da. Habt ihr Halma gespielt?“

Oma schnappt zu wie vorgestern, als ich sie gefragt habe, warum meine Eltern sich getrennt haben. Mit einem Ruck stellt sie die Zeituhr vom Backofen auf fünfzehn Minuten und knallt zwei Teller auf den Küchentisch. „Ja“, sagt sie. „Halma. Wir haben Halma gespielt.“

Tag 4

Hilfe für Oma und der scharfe Kundschafterblick

„Ich weiß gar nicht, wo diese Teppichtippen immer herkommen“, sagt Oma am nächsten Morgen. „Heb die e' mal auf! Und kehr e' mal unterm Regal! Hol dir den Handfeger aus'm Putzschrank!“

Putzmann Bene.

„*Richtig* bis hintenhin!“, keift Oma, als ich mit dem Handfeger vor dem Regal hocke. „Auch in die Ecken! *Gerade* in die Ecken!“

Ich verstehe allmählich, warum Mama sich immer mit ihrer Mutter streitet. Wütend kehre ich bis ganz nach hinten, sodass der Handfeger an die Zimmerwand knallt.

„Guck e' mal nach mit deinen jungen Augen, ob aller Staub weg ist!“, ruft Oma.

Vielleicht hätte ich doch mit Mama und dem Schleimer Sebastian nach Schweden fahren sollen. Stöhnend werfe ich mich auf den Bauch und schaue unter das Regal. Alles blitzeblank. Nur ganz hinten so was kleines schwarzes

Rechteckiges, das sich unter der Regalwand verklemmt hat. Sieht aus wie die Rückseite von einem von diesen alten Polaroidfotos. Okay, fiesel ich das halt auch noch raus! Wahrscheinlich hat Oma das schon im letzten Jahrtausend extra unter das Regal gelegt. Als Test, ob ihre Putzfrau auch ordentlich sauber macht. Mama hat mir erzählt, dass Oma mal mit dem Schminkspiegel kontrolliert hat, ob ihre Putzfrau das Klo auch *unter dem Rand* ordentlich geputzt hatte. Das war, kurz bevor die Putzfrau dann gekündigt hat.

Am liebsten würde ich auch kündigen. Bloß, ich bin ja leider nur der Enkel. Irgendwann werde ich Oma mal richtig die Meinung sagen, denke ich. Aber nicht jetzt. In meinem Kopf plane ich schon mal, was ich ihr dann sagen werde. Ich werde sagen: … *Äh* …

„Guck nicht so böse!“, ruft Oma. „Wer schaffen will, muss fröhlich sein!“

Ich will aber gar nichts schaffen! Ich will raus zu Mia und Ole! So unauffällig wie möglich schiebe ich das Foto in meine Hosentasche. Denn wenn Oma es sieht, wird sie mir die Lebensgeschichten von allen erzählen, die da drauf sind. Und dann sitze ich noch heute Nachmittag hier.

„Ich geh dann jetzt!“, sage ich schnell.

„So willst du raus?“, keift Oma. „Wie siehst du überhaupt aus? Alles voller Tippen! Was sollen die Leute denken? Klopf dir e’ mal deinen Pulli ab! NEIN, doch nicht über dem TEPPICH!“

Als ich die runde Haustürtreppe hinuntergehe, atme ich tief durch. Noch nie ist mir die Luft in Duderstedt so frisch vorgekommen.

* * *

„Okay, Bene, jetzt setzt du den Fuß dahin! NEIN, nicht da, da isses morsch!“, ruft Mia mir zu. „Weiter rechts der Ast! Genau! Obendrüber kannst du dich festhalten. Jetzt ein Stück balancieren, Vorsicht, nicht loslassen!“

Es ist gar nicht so einfach, auf den Kirschbaum in Oles und Mias Garten zu kommen. Aber die Kletterei lohnt sich. Wenn man endlich sicher in seiner Astgabel sitzt und die glatte Rinde unter den Händen spürt, dann ist es fast so, als wäre man selber ein Teil von dem starken, knorrrigen Kirschbaum.

Mia grinst mich an. „Toll, oder?“

„Es ist genau wie auf dem Mast von einem Piratenschiff“, strahlt Ole. Er steht auf einem Ast, den einen Arm hat er um den Baumstamm gewickelt, mit der anderen Hand beschirmt er seine Augen und blickt in die Ferne, als könne er dort schon die Schatzinsel erkennen. „Hört ihr, wie der Orkan über die Wellen braust?“

Orkan kann man nicht gerade sagen. Aber Wind schon. Ich klammere mich an dem Ast über mir fest.

„Ist nicht schlimm, wenn man runterfällt“, sagt Mia und reicht mir eine Handvoll Kirschen rüber. „Ich bin letztes Jahr runtergefallen und hab mir nur den Finger gebrochen.“ Sie wackelt mit ihrem rechten Zeigefinger. „Bisschen krumm zusammengewachsen, aber so kann ich Alice richtig gut hinter den Ohren kraulen. Guck mal, da unten ist sie, mit Carmencita. Beste Freunde, die zwei! Witzig, oder?“

Alice, das weiße Kaninchen, liegt in einem Sonnenfleck neben den Johannisbeersträuchern und kuschelt mit dem mächtigen Hund, der sie problemlos zum Frühstück verputzen könnte. Man weiß gar nicht, wo das weiße Fell von Alice aufhört und der weiße Zottelpelz von Carmencita anfängt.

„Alles sieht man von hier“, wirft Ole ein. „Das ist das Tolle. Man könnte auch ...“

In seinem Kopf muss es aussehen wie in einem riesigen Umleitungssystem, denke ich, wo ständig irgendwelche Straßen irgendwohin abzweigen und von denen wieder neue Straßen. Und Ole ist der Einzige, der sich in diesem Umleitungssystem zurechtfindet.

„Wenn man Polizist wäre“, sagt Ole, „oder Geheimagent, dann könnte man sich hier einen unsichtbaren Beobachtungsposten einrichten und den ganzen Tag da sitzen bleiben und ermitteln.“

Ole lässt einen scharfen Kundschafterblick durch die Zweige schweifen. So richtig viel gibt es allerdings im Augenblick nicht zu ermitteln.

Aus der Wohnung im Erdgeschoss von Omas Haus kommt ein Mann mit raspelkurzen Haaren auf die Terrasse. Er klappt einen Wäscheständer aus, hängt graue Socken und uncoole Unterhosen über die Wäscheleinen und zieht sich wieder in die Wohnung zurück. Von dem kleinen Hund ist leider nichts zu sehen, sosehr ich auch den Hals verrenke.

„Dem sollte mal jemand ’n paar hippe Unterhosen schenken“, grinst Mia.

Ole seufzt. „Schade, dass der da hingezogen ist. Das war eine richtig tolle Geisterwohnung. Kreimers sind nach Mallorca gezogen, und dann hat da erst mal keiner gewohnt. Nur so komische Schatten hat man immer hinter den Fenstern gesehen.“

„DU hast die da gesehen“, sagt Mia und verdreht die Augen. „Sonst niemand. Und hier auf diesem Baum kannst du sitzen und ermitteln und ermitteln, bis du alt und schrumpelig bist. Weil hier nämlich *nie* was passiert!“

„Das kann man nicht wissen“, sagt Ole und späht weiter wachsam durch die Zweige nach unten.

Die Hühner, die Mia vor der Legebatterie gerettet hat, picken sich durch den Garten, ohne auf den Hahn Alexei zu achten, der angeberisch sein Gefieder schüttelt. Unter dem Rosenbusch gluckt das Huhn Anastasia auf seinem Nest – breit und aufgeplustert wie Oma in ihrem Königssessel. Und auf ihrem Balkon, genau uns gegenüber, sitzt die richtige Oma und tut sich gerade mit der Zuckerzange ein Stück Zucker in den Kaffee.

Auf ihrem Balkontischchen liegt griffbereit ein *Goldenes Wochenblatt*. Gleich wird sie es aufschlagen, und nachher wird sie mir wieder erzählen, was Prinz George für ein hübsches Kind ist und dass ich endlich auch mal so einen schönen dunkelblauen Pulli mit V-Ausschnitt anziehen sollte.

Aber dann sehe ich, dass das *Goldene Wochenblatt* sie gerade gar nicht interessiert. Sie hat ein kleines Kästchen mit ein paar Briefen auf ihrem Balkontisch stehen. Briefe auf türkisem Briefpapier. Mit spitzen Fingern nimmt sie einen der Briefe in die Hand, liest ihn und starrt ihn dann an wie etwas, was sie unter ihrem Schuh gefunden hat. Wahrscheinlich ein alter Liebesbrief von einem ihrer dreizehn Verehrer, damals in dem Blaubeerköniginnensommer, denke ich grinsend. Aber diesen Verehrer hat sie bestimmt in die Wüste geschickt! Denn jetzt zerreißt sie den türkisen Brief in immer kleinere Stücke. Und, komisch, obwohl sie vorher so angewidert geschaut hat, sieht sie jetzt fast aus, als ob sie sich schämt.

„Frauen!“, sagt Wunnis Opa immer. „Frauen kann man einfach nicht verstehen.“

Als ich nach Hause komme, finde ich neben dem Mülleimer im Hof die letzten Reste von Omas Liebesbriefen: zwei mickrige, armselige türkise Papierfetzchen. ... *uns noch mal versuchen* ... steht auf dem einen, und auf dem anderen steht ... *1000Schön, bitte melde* ...

Ich weiß nicht, warum ich die Papierfetzchen automatisch aufhebe und in die Tasche stecke. Vielleicht, weil Oma mich so auf das Entsorgen von Teppichtippen trainiert hat.

Tag 5

Verwelkte Blumen und kleine Hunde

Ich kann gar nicht glauben, dass heute schon mein fünfter Tag in Duderstedt ist. Allmählich groove ich mich in eine Art Routine ein: aufwachen, kurzer Kampf mit dem Duschvorhang, Kuchen mit *guter* Butter und Kakao, die eine oder andere Teppichtippe aufheben – und dann raus zu Mia und Ole!

Zum Glück erwartet Oma nicht, dass ich die ganze Zeit neben ihr sitze und mir erzählen lasse, wer sich in den höheren Kreisen schon wieder scheiden lässt und was der zwölfte von ihren dreizehn Verehrern zu ihr gesagt hat. Sie warnt mich zwar immer vor den Kidnappern und den Verbrechern, aber dann sagt sie meistens: „Geh mal raus an die frische Luft!"

Rausandiefrischeluft. Sie sagt es, als ob es *ein* Wort wäre. Sie würde das wahrscheinlich auch sagen, wenn sie in einem Industriegebiet wohnen würde, wo riesige Wolken von Schwefeldampf aus den Schornsteinen quellen.

Frische Luft. Wenn Mama auf dem Sofa liegt, an den grauen Tagen, und die Zimmerdecke anschaut, sage ich doch auch nicht, sie soll raus an die frische Luft. Es ist gut, dass sich Plätze, die man immer wieder anguckt, nicht abnutzen, sonst wäre die Stelle an der Zimmerdecke über unserem Sofa schon ganz durchgescheuert. Aber natürlich wird die Stelle ja auch geschont, wenn Mama aufsteht und sich schminkt und zur Arbeit fährt.

Ich eiere die runde Eingangstreppe runter. Mia und Ole sind beim Zahnarzt in der Stadt, und da, denke ich, kann ich genauso gut auf den Friedhof gehen. Vielleicht kann ich ja das Eichhörnchen beobachten. Vielleicht kann ich es sogar zähmen. Ein paar Haselnüsse aus Omas Backschrank rappeln jedenfalls schon mal in meiner Hosentasche. Irgendwann wären wir fast Freunde, überlege ich, und ich würde an Opas Grab sitzen und das Eichhörnchen füttern und es Benedetto nennen.

Das würde Opa bestimmt freuen – so nett und gut drauf, wie er immer aussieht auf den Fotos!

Dabei fällt mir das Foto wieder ein, das ich unter dem Regal gefunden habe. Vielleicht ist das ein Foto von Opa, denke ich, dann kann ich es auf sein Grab legen, das machen ja manche Leute. Ich fummle es aus meiner Tasche, aber leider ist es bloß ein ziemlich peinliches Bild von Mama, als sie noch jung war. Sie steht auf der runden Treppe, genau vor der Hausnummer Zwölf. Neben ihr ein junger Mann, der so viele Haare auf dem Kopf und im

Gesicht hat, dass er für ein Haarwuchsmittel Reklame machen könnte. Sie lachen und schauen sich an, als würden sie gleich auf Wolke sieben abheben.

Eigentlich ein schönes Foto – aber keins, das auf Opas Grab passen würde. Egal, es wär ja wahrscheinlich sowieso weggeweht. Opa freut sich bestimmt auch so, dass ich sein Grab zurechtgemacht habe und wie schön drum herum geharkt ist. Falls er das mitkriegt, da, wo er jetzt ist.

Als ich Opas ordentliches Grab von Weitem sehe, bin ich fast ein bisschen stolz.

Aber dann erkenne ich, es ist gar kein ordentliches Grab mehr. Jemand ist über mein schönes Geharktes getrampelt. So ein Vollhorst mit riesigen Schuhen, mindestens Größe sechzig, aber einem Gehirn wie eine Erbse wahrscheinlich! Ich mache mir die ganze Arbeit, Mia zerreißt sich fast in zwei Teile, nur damit das Geharkte schön bleibt – und dieses Trampel latscht einfach drüber! Als hätte er es extra gemacht, dieser Depp! Jetzt kann ich alles wieder neu harken!

Die *kleinen Füchse* hat der Vollpfosten anscheinend auch vertrieben. Auf dem Grabstein nebenan sitzen keine Schmetterlinge mehr. Und die Blumen, die um das Grab Nummer 53 gepflanzt waren, sind vor Schreck auch verwelkt. Jedenfalls einige – alle Margeriten. Sie sitzen schief in der Erde, als hätte sie jemand rausgenommen und nicht wieder ordentlich eingepflanzt. Irgendwie tun sie mir leid, obwohl ich ja eigentlich nicht so der Umwelt-Eumel bin. Vielleicht kann man die noch retten, denke ich, wenn man sie wieder richtig einpflanzt und noch mal gießt. Dann kommen bestimmt auch die Schmetterlinge wieder.

Vorsichtig hebe ich eine der verwelkten Margeriten hoch und … Das gibt's doch nicht!

Die Blume konnte gar kein Wasser kriegen! Kein Wunder, dass sie verwelkt ist! Unten in dem Pflanzloch liegt etwas. Etwas Weißes, Flaches, das in der Sonne ein bisschen glitzert.

Mit spitzen Fingern nehme ich es heraus – es ist ein viereckiges flaches Tütchen, das mit einem weißen Zeug gefüllt ist. Sieht aus wie der Puderzucker in Omas Backschrank. Ich habe keine Ahnung, was das ist. Nur, dass es kein Puderzucker ist, das ist auf jeden Fall klar.

Ich brauche die anderen verwelkten Blumen gar nicht hochzuheben, aber ich mache es natürlich doch – und unter jeder Pflanze ist so ein Tütchen versteckt.

Mannomann! Ich, Benedikt Bürgelin aus Hannover-Langenhagen, habe ein Rauschgiftversteck gefunden. Etwas anderes kann es ja nicht sein. Für einen Augenblick kriege ich Schnappatmung, obwohl ich doch *anderfrischenluft* bin.

Wenn ich ein Junge in einem Krimi wäre, dann würde ich jetzt auf eigene Faust oder mit meinen Freunden zusammen ermitteln. Wir würden unter Lebensgefahr und ganz alleine gegen die skrupellosen Gangster kämpfen, den Rauschgiftring sprengen und hinterher eine Belohnung kriegen. Mit der könnten wir dann die lebensrettende Behandlung unserer kleinen Schwester und die Schönheitsoperationen unserer Tanten bezahlen. Wir würden eine Medaille kriegen und in der Zeitung stehen. Schulen würden nach uns benannt werden. Oder – noch besser – Sportstadien!

Aber ich bin kein Junge in einem Krimi. Dies ist das wirkliche Leben, und ich bin ja wohl nicht verrückt, alleine gegen einen Rauschgiftring zu kämpfen. Noch nicht mal, wenn Ole und Mia mitmachen! Die komischen Tütchen lasse ich natürlich auch da, wo sie sind, und jede Blume setze ich sorgfältig wieder an ihren Platz.

Und dann gehe ich zur Polizei.

Aber die ganze Zeit, während ich mich zur Polizeistation durchfrage, während ich durch die engen Straßen gehe, über den Marktplatz mit dem Denkmal und am Eiscafé vorbei, die ganze Zeit frage ich mich, ob die mir überhaupt glauben werden. *Darf ich mich vorstellen? Bene, 12, Hannover-Langenhagen. Drogenfahnder.*

Sehr komisch. Vielleicht lachen sie mich aus. Vielleicht denken sie, ich will einen blöden Witz machen. Ich habe noch kein einziges Buch gelesen, in dem Kindern geglaubt wird, wenn sie ein Verbrechen beobachtet haben. Keine Ahnung, wie Polizisten so in Wirklichkeit drauf sind.

Polizeistation Duderstedt. Ich hole tief Luft und drücke die dicke Glastür auf.

* * *

„Benedikt Bürgelin. Mmh." Der Polizist tippt meinen Namen in den Computer.

Ich atme tief aus. Uff, das hat zumindest schon mal geklappt. Ich stehe im Polizeicomputer! Als wichtiger Zeuge in einem Drogenverbrechen! Jedenfalls ist es ja vermutlich ein Drogenverbrechen, denke ich und setze mich auf dem harten Polizeistuhl so hin, wie ein wichtiger Zeuge bestimmt sitzt. Kerzengrade und konzentriert.

„So, nun sag mal, was ist passiert?" Der Polizist hält die Hände über der Tastatur bereit. „Mmh, mmh ... Benedikt Bürgelin, aus Hannover, zu Besuch bei der Oma, Frau Renate Bürgelin, *Am Runenstein 12*." Er nickt mir zu, seine Finger flitzen über die Tasten. „Verdächtige Plastiksäckchen auf dem Friedhof *Am Kirchweg*. Mmh, mmh." Er sieht mich aufmerksam und kritisch an. „Ich fahre da jetzt mit dir hin", sagt er.

Er glaubt mir alles! Er fragt keine Sekunde nach, ob das ein Witz sein soll! Es ist ja auch kein Witz. Vielleicht haben Polizisten ja einen eingebauten Bullshit-Detektor, oder ...

„So, steig ein!"

Ich bin noch nie im Polizeiwagen gefahren – und jetzt rase ich mit einem Polizisten zum Ort des Verbrechens! Zum Ort des Verbrechens, das *ich* aufgeklärt habe! Oder sagen wir mal, ich habe den entscheidenden Hinweis gegeben.

Wenn ich das Wunni erzähle! Und Papa, wenn er wiederkommt! Er wäre so stolz auf mich! Aber erst mal bin *ich* stolz auf mich. Ich bin so aufgebläht vor Stolz, dass ich kaum auf die Rückbank passe. Schade nur, dass Sirene und Blaulicht nicht eingeschaltet sind.

Immerhin sehe ich Mia und Ole aus der Stadt kommen, als wir die Hauptstraße entlangfahren. Sie gehen sehr schnell, sie rennen fast. Ich winke ihnen aus dem Polizeiwagen zu wie Königin Elisabeth aus ihrer goldenen Kutsche und sehe, wie sie erst starr vor Staunen stehen bleiben und dann aufgeregt zurückwinken. Es ist fast, als wollten sie mir mit dem Winken etwas sagen, aber da sind wir auch schon vorbei. Und ich kann ja schlecht den Polizisten fragen, ob er eben kurz meine Freunde noch mitnehmen kann.

Wir stiefeln den Hauptweg entlang und biegen in den dritten Weg rechts ab. „Das Grab da, das ist es“, sage ich. „Sehen Sie, wie verwelkt die Margeriten sind? Und wie schief die sitzen? Unter den Margeriten, da sind die Tütchen!“

Der nette Polizist hebt eine Margeritenpflanze hoch. Ich beuge mich aufgeregt vor.

„Da, sehen Sie …“ Ich stocke, als hätte jemand meinen Satz genau vor meinem Mund abgeschnitten. Denn unter der Margerite ist – nichts. Obwohl – nichts kann man nicht sagen. Das Nichts gibt es nicht, das hat unser Physiklehrer, Herr Ganseboom, uns immer eingeschärft. Aber es ist halt nur das da, was man unter einer Pflanze erwarten kann: schwärzlich braune, etwas krümelige Erde.

Der Polizist steht da, mit der Margerite am Schopf, und sieht mich fragend und polizistenstreng an. Wahrscheinlich lernt man genau diesen Blick auf der Polizeischule, denke ich und fühle mich sofort wie ein Ganove, dem eine ganze Hundertschaft auf den Fersen ist.

„Aber ich schwöre“, rufe ich und breite die Arme aus, als könnte ich die Tütchen aus der Luft greifen, „die waren da, diese Tütchen. Können Sie nicht noch mal bitte unter den anderen Margeriten nachschauen?“

Aber auch da ist nur die schwarze Friedhofserde.

Wie ist das peinlich! Jetzt habe ich ihn extra von der Wache geholt, und nun ist rein gar nichts zu ermitteln! Wenn er nun denkt, dass es ein blöder Witz war?! Und Mama muss den Einsatz bezahlen? Wo wir doch sowieso so wenig Geld haben!

Der Polizist setzt die letzte Margeritenpflanze, die er hochgehoben hat, ordentlich wieder an ihren Platz.

„Also, nun pass mal auf, Benedikt“, sagt er langsam.

„Du bist nicht der Typ, der Quatsch erzählt." Er schaut mich kritisch, aber auch freundlich an, als hätte ich einen Lügendetektor-Test bestanden. „Ich denke, diese Tütchen, von denen du sprichst, die waren wirklich da. Jemand hat sie geholt, während du auf der Wache warst. Das würde ..." Er kneift die Augen zusammen und schaut nachdenklich zur Tannenhecke. „Das würde zu gewissen anderen Hinweisen passen. Wir halten die Augen offen und kümmern uns drum. Und du, sei vorsichtig – keine einsamen Besuche auf dem Friedhof mehr in der nächsten Zeit! Okay? Man weiß nicht, wer sich da so rumtreibt! Komm, ich fahre dich nach Hause."

* * *

„Könnten Sie mich da drüben vor dem Haus mit dem Efeu absetzen? Da wohnen meine Freunde, ich bin sowieso mit denen verabredet."

Das stimmt ja irgendwie. Und außerdem kommt es gar nicht infrage, dass ich im Polizeiwagen vor Omas Haus vorfahre. Wenn sie das sieht – und sie wird es sehen, weil sie immer, wenn sie auf dem Vorplatz ein Auto hört, aus ihrem Königssessel aufspringt und zum Fenster rennt –, also wenn sie sieht, dass die Polizei mich nach Hause fährt, dann wird sie als Erstes denken, dass ihr Enkel bei kriminellen Machenschaften erwischt worden ist. Ogottogott! Vielleicht beim Klauen! Oder dabei, dass er alten

Damen die Handtaschen weggerissen hat! Sie wird sich tierisch aufregen, noch bevor ich überhaupt etwas erklären kann.

Wenn ich dann endlich doch alles erklären kann, wird sie sich noch tierischer aufregen. Sie hat es ja immer gesagt, die Welt ist voller Krimineller! Vielleicht lässt sie mich den ganzen Rest der Ferien überhaupt nicht mehr raus, damit mir nichts passiert. Und das wäre ja wohl das Schrecklichste, was mir passieren könnte!

„Vielen Dank, dass Sie mich gefahren haben!“, sage ich zu dem netten Polizisten. „Und dass Sie zum Friedhof mitgekommen sind!“

„Vielen Dank, dass du uns informiert hast, Benedikt! Pass auf dich auf!“

Ich klettere aus dem Polizeiwagen und klingle Sturm bei Mia und Ole. Carmencita bellt so dumpf und gefährlich, als ob wirklich ein Fluch auf ihr liegt. Sie schmeißt mich vor Freude fast um, als Ole die Tür aufreißt.

Ole zerrt mich auf die Terrasse. „Komm raus, wir müssen dir was erzählen, wieso warst du im Polizeiauto, wir haben eine Eismaschine gekauft, willst du Kirscheis …“

Das Kirscheis schmeckt lecker – nach unserem Geheimplatz auf dem Kirschbaum und nach rotem Sommer.

„Mannomann“, stöhnt Mia und schiebt sich einen Löffel Eis in den Mund, „die Abkühlung kann ich echt gebrauchen. Das kann ich dir sagen, ich bin so wütend, ich könnte platzen! Wir waren doch in der Stadt, weißt du?“

Ich nicke und verschiebe mein eigenes Erzählen auf später. „Ihr wart beim Zahnarzt. War's so schlimm?"

Mia winkt ab. „Nein, bei mir musste ja nur die Zahnspange kontrolliert werden."

„Mir wollte er zuerst alle Zähne rausreißen", sprudelt Ole. „Aber dann hat er nur ein Loch gefunden. *So* lang war die Spritze, die er mir in die Wange gerammt hat!" Ole breitet die Arme aus und haut mir dabei fast auf die Nase. Ich kann gerade noch den Kopf zur Seite drehen.

„Und ich dachte", sagt Mia, „was soll ich in diesem Wartezimmer sitzen und auf Ole warten? Mit den ganzen alten Zeitungen und den Leuten, die aussehen, als würden sie gleich hingerichtet. Ich geh also schon mal raus, und da ist am Straßenrand so ein Auto geparkt. So ein schwarzes Protzauto. Ein Riesenteil, weißt du, mit einem bescheuerten Aufkleber auf der Heckscheibe. Und als ich da vorbeigehe, hör ich auf einmal was – aus dem Kofferraum. So was wie ein Winseln und Bellen. Aber nur ganz schwach und ziemlich hoch, wie wenn kleine Hunde jammern. Ich denk, Wahnsinn, da hat jemand seine kleinen Hunde im Auto gelassen. Im Kofferraum eingesperrt! Bei der Hitze und ohne Luft! Der Idiot! Wenn ich den erwische! Und ich renn rein zu Ole und will das Handy holen …"

„Ich war nämlich auch gerade fertig. Hier!" Ole reißt den Mund auf und zeigt auf seinen plombierten Backenzahn.

„Halt doch mal den Mund mit deinem Zahn!“, keift Mia. „Und als wir rauskommen und ich Mama anrufen will und sie fragen, ob wir dem Tierschutzverein Bescheid geben können, da ist das Protzauto weg! Weggefahren in der Sekunde, als ich drin war! Als hätte der’s geahnt! Wenn ich den erwische!“

Das Kirscheis schmeckt auf einmal nicht mehr so gut. Das Abenteuer mit den Plastiktütchen, die erst da sind und dann weg, und der Polizei und Bene, dem Drogenfahnder, fühlt sich plötzlich anders an. Als wollte ich etwas erzählen, was die Sache mit den kleinen Hunden, die im heißen Auto fast ersticken, weniger wichtig machen soll. Als wollte ich einen blöden Wettbewerb starten, wer von uns das größere Abenteuer erlebt hat.

Aber dann fragen Mia und Ole von sich aus, warum ich im Polizeiauto war, und da muss ich es natürlich erzählen.

„Voll krass!“, keucht Ole. „Das ist doch komisch, oder? Jahrelang passiert nichts, und dann, seit du hier bist, passieren die krassesten Sachen! Allein heute! Vielleicht bist du jemand, der das anzieht. Ist jetzt erst mal nur so ’ne *Theorie*, aber könnte doch sein! Wie so ’n Regengott, um den es immer regnet und stürmt! Bloß dass es um dich merkwürdige Sachen regnet. “

Mia verdreht die Augen. „Mensch, Ole, Bene war doch vorhin in der Stadt gar nicht dabei!“, sagt sie gereizt. „Da merkt man doch schon, dass das wieder Quatsch ist mit deiner Theorie!“

„Aber er ist unser Freund“, sagt Ole, „vielleicht wirkt das dann auch auf die Entfernung.“

Tag 6

Tierdetektivin Mia und ein verrückter Traum

Es klingelt Sturm an Omas Haustür. So laut und dringlich, dass ich mich an meinem letzten Schluck Frühstückskakao verschlucke. Ich springe auf und drücke den Türöffner, und eine Millisekunde später steht Mia im Flur. Klatschnass von dem Regen draußen und so außer Atem, als hätte sie einen Tausendmeterlauf hinter sich. „Ich muss dir was erzählen“, keucht sie. „Kann ich reinkommen?“

„Schuhe aus!“, ruft Oma von drinnen.

Denn die Teppiche sind ja strahlend sauber. Ich habe gerade erst, noch vor dem Frühstück, wieder drei Tippen entfernt.

Mia besteht anscheinend so eine Art Oma-Test. Oma schneidet dicke Stücke Kuchen mit *guter* Butter für uns ab und stellt Gläser, Apfelsaft und die zweitbesten Kuchenteller auf ein Tablett. Dann hält sie uns noch einen Vortrag, wie glatt es auf der Bodentreppe ist und dass wir *bloooß* vorsichtig sein sollen, dass wir nicht ausrutschen.

Mia lächelt und nickt und bedankt sich, aber die ganze Zeit habe ich das Gefühl, dass sie vor Ungeduld fast aus ihren bunt gestreiften Regenbogensocken springt.

„Ich hab die ganze Nacht recherchiert", sprudelt sie schon auf der Treppe. Für einen Augenblick sehe ich sie, wie sie mit Superman-Kostüm und Sherlock-Holmes-Mütze, Vergrößerungsglas und Pistole durch dunkle, verregnete Straßen schleicht.

Ich stelle das Tablett auf Mamas alten Schreibtisch und schenke uns Apfelsaft ein. „Wo hast du denn recherchiert?", frage ich.

Mia lässt sich auf den kippeligen Drehstuhl fallen. „Im Netz natürlich." Sie wirbelt den Drehstuhl zu mir herum. „Ich wollte was über Drogenhandel rauskriegen. Weißt du, über deine Säckchen mit dem weißen Pulver. Aber dabei bin ich bei einer anderen Sache hängen geblieben, ich konnte gar nicht mehr aufhören! Nämlich dass mit Drogen gedealt wird, das weiß man ja allmählich."

„Klar." Ich verdrehe ein bisschen die Augen. „Wir haben in der Schule sogar mal eine ganze Projektwoche über Drogen …"

Mia lässt mich nicht ausreden. Sie hibbelt auf dem Drehstuhl herum, dass er fast umkippt. „Aber weißt du, womit *noch* gehandelt wird? Illegal? Und was die drittgrößte illegale Einnahmequelle ist?"

Ich zucke mit den Schultern und stopfe mir das Kopfkissen hinter den Rücken, damit ich auf dem alten Bett bequemer sitzen kann. „Keine Ahnung. Schmuck? Oder so andere geklaute Sachen?“

Mia schüttelt den Kopf. „Welpenhandel.“

„Was für’n Handel?“ Ich habe das Wort noch nie gehört.

„Wel-pen-han-del“, sagt Mia und spricht jede Silbe einzeln aus. „Welpen. Junge Hunde, Mann!“ Sie springt von ihrem Drehstuhl auf und zerrt einen Zettel aus der Hosentasche. „Hier, ich hab’s mir aufgeschrieben. Also am besten verdient man mit Drogen und Waffen, falls du mal Gangster werden willst. Aber dann kommen gleich Tiere. Also, Hunde meistens. Oder Katzen.“

„Lohnt sich das denn?“, frage ich. „So ’ne kleine Katze, die kann doch nicht so teuer sein.“

Mia schnaubt wütend. „Wenn das ’ne Rassekatze ist, dann bist du dafür mal locker fünfhundert Euro los. Oder auch tausend. Je nachdem. Wenn du sie halt normal kaufst.“

Ich fange an zu verstehen. „Aber wenn nicht …“, sage ich.

Mia nickt. „Genau.“ Sie tigert auf ihren bunten Socken durchs Zimmer, als wollte sie für einen Marathonlauf trainieren. „Diese Gangster, die verkaufen die Tiere halt viel billiger. Die züchten die in Massen, kümmern sich nicht ordentlich drum und nehmen sie viel zu früh ihren Müttern weg. Sie lassen sie auch nicht impfen – da sparen die 'ne Menge Geld. Deshalb können sie die auch so billig verkaufen. Und die Leute, diese Idioten, die kaufen die. Auf irgendwelchen Parkplätzen. Aus'm Kofferraum. Oder sie bestellen die Tiere im Internet und kriegen sie sogar bis nach Hause geliefert."

„Sauerei!", sage ich. Denn es ist ja eine Sauerei und eine Gemeinheit. Und illegal ist es außerdem. Und dass jemand wie Mia, die so auf Tiere steht, sich über so was aufregt, das kann ich schon verstehen. Auf der anderen Seite – es gibt so viele Methoden, mit krummen Sachen sein Geld zu verdienen. Die Welt ist voller Verbrecher, das braucht man nur Oma zu fragen. Wenn Mia sich weiter so aufregt, wird sie nächstens platzen, und ich muss Tausende von Mia-Tippen von der Zimmerdecke abschrubben.

„Willst du Kuchen?", frage ich.

„Lass mich mit dem Kuchen in Ruhe!", schreit Mia.

Ich hebe die Hände. „Entschuldige bitte", muffle ich beleidigt.

„'tschullige!", echot Mia. Aber sie meint es anders als ich – sie entschuldigt sich wirklich. „Ich bin halt nur so ... furchtbar sauer!", Mia ballt die Fäuste. „Mir ist nämlich auch noch die Sache mit Leas kleinem Hund eingefallen." Sie schluckt. „Lea, meine Freundin. Die hat den Hund zum Geburtstag gekriegt. Du kannst dir nicht vorstellen, wie süß der war! Der war noch so klein, der hat in eine große Tasse gepasst." Mia formt mit ihren Händen eine von diesen französischen Tassen, die wie kleine Schüsseln sind. „Ein Malteser war das, eigentlich sind die total teuer. Normalerweise hätte ihre Oma den gar nicht bezahlen können, aber sie hat ihn *günstig gekriegt*." Mia formt mit ihren beiden Zeigefingern Anführungsstriche in der Luft: *günstig gekriegt*.

Ich merke, wie über meinem Kopf eine Glühbirne anfängt zu leuchten. „Verstehe", sage ich.

Mia nickt mir düster zu. „Genau. Zuerst war er noch ganz munter, aber dann hat er eine Krankheit nach der anderen gekriegt. Und vor ein paar Tagen ist er gestorben. Lea hatte ihn bloß zwei Wochen."

Ich merke, wie es mir im Hals drückt, obwohl ich Lea ja gar nicht kenne und auch nicht ihren Hund.

„Wie hieß er denn?", frage ich, nur um etwas zu sagen.

„Kiki", sagt Mia. Irgendwie wird die Geschichte dadurch, dass ich jetzt den Namen des Hundes kenne, noch trauriger.

„Waren die denn nicht beim Tierarzt?", frage ich.

„Klar, was meinst du, was der alles an Medizin gekriegt hat. Aber hat alles nichts genützt. Der Tierarzt hat gesagt, der war noch so klein,

der hätte noch sechs Wochen in Ruhe bei seiner Mutter bleiben müssen. Aber es war natürlich zu spät."

Ich weiß nicht, was ich sagen soll, und deswegen sage ich nur „O Mannomann!" und hoffe, dass Mia weiß, wie ich es meine.

* * *

Mia sitzt mit gerunzelter Stirn da und knabbert gedankenverloren an ihrem Daumennagel.

„Und das sind Hunde und Katzen, die da verkauft werden?", frage ich.

„Hauptsächlich", sagt Mia, „aber auch Mäuse – als Futtertiere für Schlangen und so. Und Kaninchen."

Kaninchen. Weiße Kaninchen, denke ich, die man einfach in eine Plastiktüte stopft und in der Straßenbahn vergisst. Mir läuft es kalt den Rücken runter. „Alice", murmele ich. „Kein Wunder, dass der Besitzer sich nicht gemeldet hat."

Mia nickt und zieht wütend die Mundwinkel nach unten. „Ja, das hab ich heute Nacht auch gedacht. Aber weißt du, was ich noch gedacht hab?" Mia beugt sich vor und schaut mich an. „Vor sechs Wochen finde ich Alice in der Straßenbahn." Mia zählt an den Fingern ab, was passiert ist. „Vor zwei Wochen kauft Leas Oma die Kiki. Die Kiki stirbt, weil sie noch zu klein ist. Und gestern höre ich in diesem schwarzen Auto kleine Hunde jammern. Im

Kofferraum!“ Mia hält drei Finger hoch. „Erzähl mir nicht, dass das Zufall ist! Die sind hier irgendwo, diese Gangster! Und wenn ich die erwische, dann mach ich Hackfleisch aus denen!“

Mias Gesicht ist rot geworden wie eine reife Tomate, die platzt, wenn man sie nur antickt. Sie sieht so wütend aus, dass ich Angst bekomme. Nicht *vor* Mia, sondern *um* Mia. Denn wenn das wirklich so ein gutes Geschäft ist mit dem Tierhandel und wenn das wirklich Gangster sind, dann frage ich mich, *wer* am Ende aus *wem* Hackfleisch macht.

„Mensch, Mia, misch dich da nicht ein!“ Ich lege ihr die Hand auf den Arm, als wollte ich sie aus der Gefahrenzone zerren. „Das sind Kriminelle, das hast du doch selber gesagt. Lass uns zur Polizei gehen! Die sind nett da, und die kennen mich ja sogar schon. Die werden sich dann bestimmt gut drum kümmern.“

Bene, die Stimme der Vernunft.

Mia blitzt mich empört an, als hätte ich persönlich einen weltweiten Tierhändlerring aufgebaut.

„Weißt du, was passiert, wenn wir zur Polizei gehen? Oder was vielmehr nicht passiert? Weißt du das? Ich hab’s doch recherchiert!“ Mia knüllt ihren Notizzettel zusammen, streicht ihn wieder glatt, knüllt ihn wieder zusammen. „Ich hab sogar ein Interview mit einem Polizeikommissar gelesen. Der war selber total sauer. Weißt du, was er gesagt hat? *Das ist ein schwieriges Gebiet*, hat er gesagt. *Die Händler verkaufen die Tiere aus dem Kofferraum oder an der Haustür, und dann sind sie weg.* Also, die Gangster, hat er gemeint. *Wenn man nicht zufällig einen ganzen Transport erwischt oder jemanden auf frischer Tat ertappt ...* "

„Aber daran siehst du, wie knifflig es ist!", werfe ich ein. „Wenn das sogar die Polizei sagt!" Vielleicht kann ich Mia ja doch noch überzeugen.

Mia redet weiter, als hätte sie mich nicht gehört. „... und das muss man eben versuchen. Die auf frischer Tat zu ertappen! "

Mia steht kerzengerade da – entschlossen und siegessicher. Mit ihren fest geflochtenen Zöpfen erinnert sie mich an Greta Thunberg hinter ihrem Rednerpult, wenn sie den Klimaschweinen die Meinung sagt. Gegen Greta hat man auch keine Chance.

Ich versuche es trotzdem noch mal. *Hallo, Miiiia! Hier spricht die Vernuuuunft!* „Wie willst du die denn auf frischer Tat ertappen? Mensch, Mia, du hast doch überhaupt keinen Plan!"

Mia ist völlig unbeeindruckt. „Da fällt mir schon noch was ein", sagt sie grimmig. „Der Weg entsteht beim Gehen, wie die Buddhisten sagen."

Die Buddhisten. Die helfen uns auch nicht, wenn die Ganoven uns eins über die Rübe geben, weil wir ihre Geschäfte stören.

„Also, machst du jetzt mit oder nicht?"

Ich sehe sie hilflos an. Wenn ich mich raushalte und ihr sage, dass mir das zu gefährlich ist, dann hängt sie sich da alleine rein. Mit Ole natürlich. Ole wird mitmachen, das ist klar. Klar wie Kakerlakenkack, sozusagen. Ich muss also mitmachen – und das Schlimmste verhüten. Bleibt mir gar nichts anderes übrig.

Bene, der Risikobegrenzer.

Ich muss verhindern, dass sie sich kopfüber in die Gefahr stürzt, und auf sie aufpassen, sozusagen. Mit so was hab ich ja Routine. Auf Mama hab ich ja auch immer aufgepasst, bis dann der Schleimer Sebastian gekommen ist. Außerdem sind Mia und Ole meine Freunde.

Bene, der Aufpasser in Not und Gefahr.

„Okay, ich mach mit", sage ich.

* * *

Ich mach mit, habe ich gesagt. Aber als ich an diesem Abend in Mamas altem Bett liege und der Mond rund und unheimlich ins Zimmer scheint, da wird mir klar, dass ich überhaupt nicht so richtig weiß, *wobei* ich

eigentlich mitmache. Klar, die Tiergangster auf frischer Tat ertappen, das ist der Plan. Mias Plan. Bloß, wie soll das gehen? Aus einem kleinen Hund, der jetzt im Hundehimmel ist, aus einem weißen Kaninchen in einer Plastiktüte, aus dem Fiepen und Bellen im Kofferraum von einem schwarzen Protzauto – wie wollen wir daraus eine Falle für die Tiergangster stricken? Das wird nicht klappen, so entschieden Mia auch dasteht, mit durchgedrücktem Rücken und geballten Fäusten. Und es ist auch gut, dass es nicht klappen wird, denke ich. Gangster, die man nicht entdeckt, können einem nicht gefährlich werden. Ich könnte beruhigt einschlafen, doch ich bin so wach wie der Typ vom Frühstücksfernsehen, der sich wahrscheinlich schon morgens um sechs drei Kannen Kaffee reinzieht.

Ich versuche es mir in meinem Bett kuschelig und gemütlich zu machen und mich zurechtzuruckeln. Aber je mehr ich es versuche, desto unruhiger werde ich.

Ich denke an Mama, die sich nicht regelmäßig melden kann, weil sie kein Netz hat, dort in Schweden. Einmal hat sie kurz über Festnetz angerufen, von dem kleinen Postamt in dem Dorf bei dem See, wo sie sind. Sie hat gefragt, ob bei mir alles okay ist, und gesagt, dass es ihr gut geht. Das sagt sie ja zwar auch, wenn es ihr überhaupt nicht gut geht, aber diesmal klang sie so, als ob es stimmt. Immerhin. Vielleicht kümmert sich der Schleimer Sebastian wirklich gut um sie, denke ich und atme tief durch.

Dann brauche ich mir wenigstens im Augenblick um Mama keine Sorgen zu machen.

Stattdessen mache ich mir Sorgen um Mia. Warum kann sie nicht einfach mit Ole und mir friedlich auf dem Kirschbaum schaukeln, Kirschkerne durch die Gegend spucken und mit Carmencita spazieren gehen? Stattdessen will sie sich mit einem Gangsterring anlegen!

Ich boxe mein Kopfkissen und drehe mich nach rechts und nach links und strecke meine Beine aus der Zudecke raus und wieder rein.

Irgendwann bin ich anscheinend doch eingeschlafen. Aber im Schlaf geht es gleich weiter mit dem Stress: Der Gangsterboss, ein riesiger fetter Kampfhund mit Stachelhalsband und karierten Hosen, hat uns geschnappt und verkauft uns für fünfzig Cent das Stück an ein Pudel-Ehepaar. Ein Schnäppchen, sagt der Kampfhund-Gangsterboss, billiger kann er es nicht machen. Wir wimmern und heulen, aber es nützt nichts. Das Pudelpaar stopft uns in einen Korb, in dem es riecht wie in dem Auto von Herrn von Finkelstein. Mia bellt mir leise ins Ohr: „Bei erster Gelegenheit hauen wir ab!“ Aber Ole jault, dass wir wahrscheinlich krank werden und sterben, weil wir zu früh von unseren Müttern wegverkauft worden sind. Mama steht im Postamt und weint, weil sie nicht auf mich aufgepasst hat und mich alleine nach Duderstedt hat fahren lassen. Und neben ihr steht Greta Thunberg, trommelt auf ihr Rednerpult und ruft: „Stoppt den Klimawandel!“ Aber dann merke ich, dass sie das gar nicht ruft, sondern „Stoppt den Welpenhandel!“. Und im letzten Moment kommt Papa auf einem afrikanischen Speer angeritten, den seine Patienten ihm geschenkt haben, und reißt dem Pudel-Ehepaar den Korb weg und rettet uns. Er hat noch die Maske aus dem Operationssaal auf, deshalb kann ich sein Gesicht nicht sehen. Aber seine Augen blitzen wie Sonnen.

Doch dann sind es gar nicht seine Augen, sondern die richtige Sonne, die mir ins Gesicht scheint. Und von unten ruft Oma, ob ich heute vielleicht noch mal irgendwann aufstehe, und wenn ich nicht in fünf Minuten am Tisch sitze, kann ich alleine frühstücken.

Tag 7

Der Verdacht, die Mission und ein besonderer Schalter

Es ist Tag sieben meiner Ferien in Duderstedt. Nie hätte ich gedacht, dass Ferien so spannend sein können, überlege ich, als ich mich nach dem Frühstück auf den Weg zu Mia und Ole mache.

Ich spaziere gemütlich die Treppe ins Erdgeschoss hinunter und denke an meinen komischen Traum und wie toll das war, dass Papa uns im letzten Augenblick gerettet hat.

Papa, der Retter in der Not!

Und gerade als ich das denke, kommt Herr Glückland aus seiner Wohnung. Herr Glückland, der glückliche Besitzer des süßesten aller Hunde, der im Niedlichkeitsweltrekord problemlos den ersten Preis gewinnen würde. Also, der Hund, meine ich, nicht Herr Glückland! Herr Glückland würde keinen Niedlichkeitswettbewerb gewinnen. Noch nicht mal einen Trostpreis – mit seinem ratzekahlen Stoppelhaar und seiner runden Nickelbrille und seiner uncoolen signalgelben Fahrradjacke.

Aber egal, Hauptsache ist, dass das Schicksal, oder was, mir Herrn Glückland mit seinem süßen Hund sozusagen gerade auf einem Silbertablett serviert.

„Hallo, Herr Glückland“, sage ich, so höflich ich kann. „Haben Sie sich schon gut eingelebt?“

Das fragt Mama immer, wenn sie einen neuen Mieter in unserem Mehrfamilienhaus zum ersten Mal trifft. Mama sagt, man muss höflich und freundlich zu den Leuten sein. Man freut sich selber ja auch, wenn die anderen freundlich zu einem sind. Und wenn Herr Glückland findet, dass ich höflich und nett bin, lässt er mich vielleicht mal mit seinem Hund Gassi gehen. Oder er erlaubt mir zumindest, den Hund zu besuchen.

Auf jeden Fall sieht er mich schon mal erfreut und erstaunt an. Der erste Schritt ist geschafft. „Hallo“, sagt er, „das ist aber eine nette Begrüßung. Ja, hat schon ganz gut geklappt mit dem Einleben. Und du? Wohnst du auch hier?“

Es ist nicht gerade eine sehr schlaue Frage, denn wo soll ich wohl sonst wohnen, wenn ich morgens um zehn die Treppe von der oberen Wohnung herunterkomme? Klar, ich hätte natürlich dort auch was abgegeben haben können. *Bene, der Pizzabote.* Aber ich freue mich, dass Herr Glückland fragt, weil wir so gleich ins Gespräch kommen.

„Nee“, sage ich, „ich bin zu Besuch. Aber ich bin noch eine ganze Weile hier“, setze ich schnell hinzu.

Man muss den Leuten eine Brücke bauen. Damit das Gespräch weitergluckern kann wie der Fluss unter der Brücke.

Herr Glückland zieht den Reißverschluss seiner Fahrradjacke hoch. „Dann sehen wir uns ja sicher noch öfter." Er schaut mich fragend an. „Äääh ...?"

„Bene." Fast hätte ich eine Verbeugung gemacht wie Herr von Finkelstein.

„Na dann, bis zum nächsten Mal! Tschüss, Bene!"

Herr Glückland wendet sich zur Haustür. Mist, gleich ist er weg, und ich habe ihn noch nicht wegen des Hundes gefragt. Und wer weiß, wann wir uns das nächste Mal wiedertreffen! „Herr Glückland?" frage ich.

„Ja?" Herr Glückland dreht sich zu mir um.

„Äh, Herr Glückland, wo wir uns jetzt kennen ... könnte ich ... äh ... eventuell vielleicht mal Ihren Hund besuchen?"

Er sieht mich misstrauisch an und runzelt die Stirn. „Welchen Hund?", fragt er.

„Na, Ihren Hund! Ich hab gestern Ihre Frau mit dem Hund gesehen. Der ist so süß, und da dachte ich ..."

„Meine Frau?", unterbricht mich Herr Glückland schnell. „Das kann nicht sein. Und meinen Hund? Nein. Wie kommst du da drauf?"

„Na ja", stottere ich, „ich hab gestern eine Frau mit einem Hund aus dem Haus kommen sehen, und da habe ich gedacht ... Dann war das vielleicht nur Ihr Besuch."

Herr Glückland schüttelt entschieden den Kopf. „Gestern? Nee“, sagt er kurz. „Da war niemand bei mir. Da musst du dich getäuscht haben.“

Er nickt mir kurz zu. Dann sprintet er zu seinem Fahrrad, knipst sich Fahrradklammern in die Hosenbeine, setzt den Helm auf und fährt mit Volldampf davon. Komisch, denke ich. Er war zuerst ganz nett. Und dann hatte er es auf einmal so eilig. Vielleicht hatte er es ja wirklich eilig. Aber was viel komischer ist – ich hab die Frau doch genau gesehen, gestern! Ich bin doch nicht plemplem! Merkwürdig, denke ich. Das ist alles ziemlich merkwürdig.

* * *

„Er hat gesagt, er hätte keinen Hund? Und zu Besuch war auch niemand bei ihm?“, fragt Mia.

Sie verschluckt sich an den Kirschen, die sie gerade in den Mund gestopft hat, und sprüht beim Husten rote Tröpfchen und Kirschfleisch auf Oles knatschgrünes T-Shirt.

„Pass doch auf, du Saftsocke!“, keift Ole. „Jetzt sehe ich aus, als hätte mich jemand ermordet!“

„Wenn dich jemand ermordet hätte, könntest du hier nicht so rumquasseln“, antwortet Mia. „Halt mal die Klappe. Ich muss nachdenken.“

Mia kaut an ihrem linken Greta-Zopf und schaut durch

mich hindurch, als könnte sie irgendwo, weit hinter mir, so was wie eine Antwort in der Luft lesen. „Du hast doch genau gesehen, wie die Frau aus dem Haus gekommen ist, oder?", fragt sie dann.

Ich nicke. „Es ist wirklich komisch. Im Haus sind nur diese beiden Wohnungen, und bei Oma ..."

„Ja, das wollte ich gerade fragen", sagt Mia eifrig. „Meinst du, dass die Frau mit dem Hund gestern ... dass die vielleicht bei deiner Oma zu Besuch war? Könnte das sein?"

„Bei Oma???" Wenn jemand *keine* Frau mit Hund zu sich nach Hause einlädt, dann Oma. Teppichtippen, Hundehaare und vielleicht sogar auch noch Hundepipi auf dem besten roten Teppich – igitt! Niemals.

Bene, der Oma-Kenner.

„Nee", sage ich, „meine Oma, die ist echt nicht so der Typ für Freundinnen mit Tieren. Außerdem hatte die gestern anderen Besuch. Von ihrem Freund. Herr von Finkelstein heißt der. Total der Schmierlappen irgendwie. Aber meine Oma fährt voll auf den ab."

Ole kichert. „Wie heißt der? Herr von Pinkelstein?"

„F!", zische ich. „FFinkelstein! Aber Pinkelstein würde auch passen, das ist nämlich so 'n ganz feiner Pinkel. Meine Oma findet den jedenfalls toll. Die würde sich bestimmt nicht noch jemanden einladen, wenn der Finkelstein sie besucht. Ihr hättet sie mal sehen sollen, als er gekommen ist! Sie hat mich praktisch rausgeschmissen, damit sie ihn bloß für sich alleine hat. Ich kann sie ja noch mal fragen nach einem Damenbesuch mit Hund. Aber – nee, das glaube ich nicht."

„Dann lügt der Glückland", sagt Mia bestimmt. Sie klingt wie eine Kommissarin im Fernsehen. „Der lügt wie gedruckt. Der lügt wie diese eine Zeitung. Und da fragt man sich doch, warum." Aber sie sagt es gar nicht wie eine Frage, sondern so, als ob sie die Antwort schon ziemlich genau wüsste. „Dabei, wenn man da rüberguckt", Mia zeigt mit dem Kinn auf Herrn Glücklands sonnige Terrasse, „dann denkt man doch, da wohnt der normalste Normalo der Welt." Sie schüttelt den Kopf.

Die Sonne – hab ich mal gehört – scheint auf Gerechte und Ungerechte. Auf Gute und Böse. Hier in Duderstedt scheint sie auf geheime Beobachtungsposten im Kirschbaum und Tierhändler-Terrassen. Auf Wäscheständer mit grauen Socken und schlabberigen T-Shirts. Auf zusammengeklappte Liegestühle, die an die Wand gelehnt sind. Und sie scheint auf frisch bepflanzte Balkonkästen. Sehr ordentlich bepflanzte Balkonkästen ... Es sind Margeriten, Vergissmeinnicht und Studentenblumen. Margeriten, Vergissmeinnicht, Studentenblumen. Weiß, Blau, Orange. Weiß, Blau, Orange.

Als hätte ein sehr ordentliches Kind eine Mauer aus bunten Legosteinen gebaut.

Ich schnappe nach Luft.

Genauso eine Blumenmauer habe ich vor zwei Tagen

gesehen. Ich weiß auch, wo. Und als ich das Wort *Friedhof* ausspreche, wissen es die anderen auch.

* * *

„Stimmt", ächzt Mia. „Wahnsinn! Klar, das Grab neben deinem Opa, mit dem *kleinen Fuchs* auf dem Grabstein. Das war genauso bepflanzt. Das muss der Glückland gewesen sein, dieser Giftpilz! Und dann hat er unter den Margeriten das Rauschgift versteckt." Mia wedelt wütend eine Mücke zur Seite, ohne Herrn Glücklands Terrasse aus den Augen zu lassen. „Der hat seine dreckigen Finger auch noch im Rauschgifthandel! Kann den Hals nicht voll genug kriegen! Als ob das mit den Tieren nicht schon schlimm genug wäre! Wenn ich den erwische!"

Mias Augen blitzen, und ich sehe geradezu vor mir, wie sie Herrn Glückland stellt und ihn in Handschellen zur Polizei schleppt.

Aber dann schlägt sie sich erschrocken die Hand vor den Mund. „Oh, verdammt, jetzt hab ich vor lauter Ganovenjagd ganz vergessen, Silver zu füttern! Bin gleich wieder da!"

Sie klettert so schnell vom Kirschbaum, als hätte sie nur noch wenige Augenblicke Zeit, bevor Silver verhungert und mit dem Bauch nach oben in der senfgelben Badewanne treibt. Senfgelb ist meine absolute Hassfarbe! Wenn ich mir vorstelle, dass ich mein Leben in einer senfgelben Badewanne verbringen müsste … Aber ich bin ja auch kein Goldfisch, denke ich, und gleichzeitig überlege ich, wie komisch es ist, dass ich jetzt an Farben und Fische denke, wo wir doch viel Wichtigeres zu tun haben. Das menschliche Gehirn ist echt wie ein Auto, das gleichzeitig auf mehreren Autobahnspuren sozusagen mit sich selber um die Wette fahren kann. Wenn man …

„Bene?“, sagt Ole.

„Hm?“

„Ich hab ’n Schalter gefunden.“ Oles Stimme klingt geheimnisvoll.

Ich schüttele mich ein bisschen, als hätte mich jemand aus dem Schlaf wach gerüttelt.

„Äh – *was* hast du gefunden?“

„Einen Schalter. Vor zwei, drei Wochen ungefähr. Ganz hier in der Nähe.“

Ole beugt sich auf dem Ast zur Seite, damit er an seine Hosentasche kommt, und fummelt sein Fundstück hervor: einen ganz normalen Schalter, wie er an älteren Herden dran ist, die kein Touchpad haben. „Wahnsinn, oder?“, sagt Ole feierlich. „So was findet man schließlich nicht ohne Grund!“

Ich kann nicht so richtig sehen, was an einem alten Schalter aus dem Elektromüll so Wahnsinniges sein soll.

„Das“, sagt Ole und holt tief Luft, „das *könnte* der Schalter sein, mit dem man den Lauf der Welt ändern kann. Oder bestimmen kann. Oder so.“

„WAS???“, rufe ich. Ole hat ja oft abgefahrene Ideen, aber hier hat er sich echt selber getoppt. *Den Lauf der Welt ändern* – geht's auch 'ne Nummer kleiner?

Ole nickt mir begeistert zu. „Toll, oder? Ist natürlich erst mal nur eine *Theorie*. Man müsste halt einen Test machen. Und wenn der funktioniert, dann ist alles klar wie Kakerlakenkack.“

„Was denn für einen Test?“ Mir ist gar nichts klar, weder wie Kakerlakenkack noch wie sonst irgendwas.

Ole dreht den Schalter um und zeigt mir das gezackte Loch, mit dem der Schalter am Herd gesessen hat. „Man setzt ihn *hier* auf das richtige Nupsi und dreht ihn.“ Ole macht in der Luft alles vor. „Und dabei wünscht man sich was. Und wenn meine Theorie stimmt, dann ändert … der Wunsch … den Lauf der Welt!“ Ole macht Pausen zwischen den Teilen seiner Theorie, damit ich auch alles ganz genau verstehe.

Ich starre ihn an. „Und wenn nicht?“

„Dann war es vielleicht nicht das richtige Nupsi“, sagt Ole ungerührt. „Aber zuerst muss man es wissenschaftlich untersuchen. Machst du mit? Im Dienst der Wissenschaft?“

„Äh – ja. Meinetwegen.“ Warum soll ich Ole die Freude nicht machen? Wenn es ihm so wichtig ist. „Aber dazu muss man doch vorher noch das richtige Nupsi finden.“

Ole strahlt wie die Sonne, die in diesem Augenblick gerade hinter ein paar Gewitterwolken verschwindet.

„Das hab ich ja schon gefunden!“, jubelt er. „Was meinst du, wie ich gesucht hab! Und dann, als ich hier saß und nachgedacht hab, da war es hier! Es war die ganze Zeit hier!“

Ole zeigt auf den Stamm des Kirschbaums, wo ein kleiner Zweig abgebrochen ist und nur noch ein kurzer dünner Rest aus dem Stamm heraussteht. „Guck dir das an, passt alles genau zusammen!“ Er schiebt den Schalter auf den Zweigrest, und es sieht auf einmal aus, als sei der Schalter mit dem Baum verwachsen. Sogar die Zahlen auf dem Schalter sind dasselbe Schwarz wie die Baumrinde.

„Siehst du, wie genau es passt?“, flüstert Ole andächtig. „Wünsch dir was!“

„Aber woher willst du denn wissen, dass das hier genau das richtige Nupsi ist?“, frage ich.

„Warum sollte es das gerade *nicht* sein?“, sagt Ole. Wieder kommt er mir vor wie diese gut gelaunte Dampfwalze, die alles platt walzt, was gegen ihre Theorien spricht. Trotzdem frage ich mich, ob er das alles selber wirklich glaubt. Denn ich glaube es natürlich nicht, das ist ja klar wie K… Klar eben.

Ich bin Bene. Ich bin zwölf, und ich weiß,

dass man mit irgendwelchen Schaltern, die man auf dem Bürgersteig gefunden hat und auf kleine Aststückchen an Kirschbäumen steckt, nicht den Lauf der Welt ändern kann.

Auf der anderen Seite – schaden kann es trotzdem nicht, sich etwas zu wünschen, was den Lauf der Welt ändern würde. Sich sozusagen offiziell etwas zu wünschen, was man sich schon so lange heimlich wünscht. Leute wünschen sich auch etwas, wenn eine Sternschnuppe fällt. Warum sollte eine Sternschnuppe wirksamer sein als der Ole-Schalter? Oder eine Wimper, die man wegpustet?

„Fertig?“ Ole sieht mich gespannt an. „Es kann ruhig was Schwieriges sein! Man darf es dem Schalter auch nicht zu leicht machen!“

Ich nicke und konzentriere mich.

Das, woran ich denke, hat nichts mit Duderstedt und Mia und den Tiergangstern zu tun. Es ist das, was ich mir wünsche, seit ich klein war. Ich komme mir gleichzeitig feierlich und total bescheuert vor.

Ole dreht langsam den Schalter.

Und so ändern wir, an diesem gewittrigen siebten Tag, als die Mücken uns fast auffressen und der Autogeruch von der Straße sich mit dem Duft von Bratwurst und Fleischklößchen aus den Dunstabzugshauben mischt, den Lauf der Welt.

„So“, sagt Ole zufrieden, „jetzt werden wir ja sehen. Sag mir Bescheid, wenn es geklappt hat.“

* * *

Mia ist außer Atem, als sie wiederkommt. Pustend klettert sie auf ihren Baumplatz. „Und? Habt ihr was rausgekriegt? War er auf der Terrasse? Was ist denn das da für'n Schalter am Baum?"

„Damit kann man den Lauf der Welt ändern, wenn man den dreht", sagt Ole eifrig und gleichzeitig stolz und bescheiden. „Jedenfalls wahrscheinlich. Hab ich rausgekriegt. Wir haben gerade einen wissenschaftlichen Test gemacht. Wenn du willst, kannst du mitmachen. Dann wären es auch mehr Versuchspersonen."

Mia verdreht die Augen und wischt sich mit dem Handrücken über die Stirn. „Den Lauf der Welt!", stöhnt sie. „Den kann man nur ändern, wenn man selber was dafür tut, und nicht, wenn man irgend so 'n ollen Gammelschalter dreht!"

„Das kann man gar nicht wissen!", sagt Ole beleidigt. „Es hat ja noch nie jemand ausprobiert!"

Mia, die Stimme der Vernunft. Es ist geradeso, als ob sie in einem Zimmer voll silbrigem Nebel das Fenster aufreißt und frische, sehr kalte Luft reinlässt. So kalt, dass es auf der Haut ein bisschen wehtut. Gut, denke ich beschämt, dass sie nicht weiß, wie tief ich für einen Augenblick auf Oles Theorie eingestiegen bin.

„Also", sagt Mia, „was machen wir jetzt mit diesem Glückland?"

Ich rubbele mir die Unterarme, auf denen sich tatsächlich die Härchen etwas aufgestellt haben, schaue Ole und seinen Schalter nicht an und mache einen vernünftigen Vorschlag. „Lasst uns zur Polizei gehen und denen das erzählen mit den Blumen von Glückland. Die kennen mich ja, und die Sache mit den Grabblumen wissen die auch schon."

Mia schnipst ein Kirschblatt von ihrer Jeans. „Ich weiß. Du bist bei der Polizei praktisch zu Hause. Aber was willst du denen denn erzählen?" Sie schnaubt verächtlich. *„Unser Nachbar hat seine Balkonblumen in derselben Reihenfolge gepflanzt wie die Blumen auf einem Grab! Stürmen Sie die Wohnung!"*

Ich muss selber grinsen, als ich mir vorstelle, wie zwei Hundertschaften Polizei im Kampfanzug auf die Terrasse von Herrn Glückland stürmen und die Blumenkästen konfiszieren.

„Und außerdem", überlegt Mia weiter, „wenn die Polizei anfängt, bei dem rumzuschnüffeln, dann ist der Glückland gewarnt und macht erst mal überhaupt nichts mehr. Und wir können ihn nicht überführen. Weder als Tiergangster noch als Drogenhändler."

Das stimmt leider. *Kriminalkommissarin Mia.*

„Nee." Sie seufzt. „Da müssen wir der Polizei schon ein bisschen mehr liefern als ein paar Blumenkästen, glaub ich. Erst mal selber was rauskriegen."

Ich nicke und kaue an meinem Zeigefinger. „Wir müssten halt irgendwie versuchen, in die Wohnung zu kommen. Mich kennt er ja schon. Ich könnte …"

Ole tippt mir auf den Arm und schaut mir konzentriert in die Augen. „Harry Potter, ja? Der war doch ein ganz normaler Junge", sagt er.

Das hat *so* wenig mit dem zu tun, wovon wir gerade sprechen, es hat genau genommen so gar nichts mit irgendwas zu tun, dass ich ihn nur mit offenem Mund anstarren kann.

„Was?", schreit Mia. „Was soll das denn jetzt? Wie kommst du auf Harry Potter?"

Ole schiebt eine Haarsträhne unter seine Cap. „Ich hab nachgedacht …", sagt er langsam.

„O Gott!", murmelt Mia gequält. „Als ob wir nicht schon genug Probleme hätten!"

Ole redet unbeirrt weiter. „Harry Potter war doch der größte Zauberer der Welt. Und gleichzeitig 'n ganz normaler Junge. Also kann das genauso gut der vom Glückland sein", schließt Ole seine Erklärungen.

Er hat sein Klar-wie-Kakerlakenkack-Gesicht, aber natürlich ist gar nichts klar. Mia wirft mir einen verzweifelten Blick zu.

Wie schon so oft, verirre ich mich, wenn ich versuche, Oles Gehirnwindungen zu folgen. Es ist mir schleierhaft, wie er selber sich darin zurechtfindet.

„Der *was* vom Glückland?", frage ich.

Vorsichtig und liebevoll zieht Ole den Schalter von dem

Kirschbaum-Nupsi ab und legt ihn auf seine Handfläche.

„Der Schalter", erklärt er geduldig. „So 'n Schalter, mit dem man den Lauf der Welt ändern kann, der kann zugleich 'n ganz normaler Herdschalter sein. Sachen können zwei Sachen gleichzeitig sein. Wie Harry Potter halt. Das ist jetzt erst mal nur 'ne Theorie. Aber wenn die stimmt, dann ist das hier vielleicht der Schalter vom Glückland. Also, *auch* der Schalter vom Glückland."

Mia stöhnt gequält auf. „Ich brech zusammen! Was hat denn der Glückland mit dem Schalter da zu tun?"

Ole dreht den Schalter auf seiner Handfläche ein paarmal ganz herum, als wollte er nacheinander den Lauf von mehreren Universen ändern. „Vor zwei Wochen oder so", erklärt er, „als wir an dem Haus mit der Schneckentreppe vorbeigegangen sind. Ich hab gerade an meiner Theorie mit dem Schneckenarchitekten überlegt, da war er da. Der Schalter. Auf'm Bürgersteig. Wie hingebeamt. Genau vor meinen Füßen. Zuerst hab ich das mit der Weltänderung gedacht."

„Klar, das fällt einem natürlich als Allererstes ein", sagt Mia ironisch.

„Aber", fährt Ole fort, „das war genau der Tag, nachdem der Umzugswagen von Herrn Glückland da stand. Vielleicht ist der Schalter ja von Herrn Glücklands Herd abgegangen, als die Umzugsleute den reingetragen haben. Den Herd, mein ich jetzt. Nicht den Glückland."

„Ach, Qua…“, fängt Mia an zu keifen. Aber dann macht sie ein paarmal den Mund auf und zu wie der Goldfisch Silver. „Ole!“ Sie strahlt und schaut ihren Bruder an, als hätte er wirklich gerade den Lauf der Welt geändert. „Das ist genial!“

Ole lächelt bescheiden.

„Und dann …“, fährt Mia fort.

Es ist, als ob ihre Gedanken in mein Gehirn rüberschwappen.

„Dann haben wir einen Grund, in seine Wohnung zu kommen!“ Ich gebe Ole ein paarmal das Daumen-hoch-Zeichen. „Und da zu ermitteln! Wir klingeln bei dem Glückland und …“

„Genau!“ Mia grinst und macht im Sitzen eine Art Tanzbewegung. Sie sieht auf einmal total girliemäßig aus. „Ach, bitte entschuldigen Sie tausendmal die Störung“, kiekst sie mit süßer Stimme, „vermissen Sie vielleicht einen Schalter?“

Ich muss immer staunen, wie Mädchen, die eigentlich überhaupt nicht girliemäßig drauf sind, auf einmal so tun können, als ob – wenn's drauf ankommt.

***

„Entschuldigung, vermissen Sie vielleicht einen Schalter?“

Wir stehen vor Herrn Glücklands Wohnungstür. Mia hält den Schalter so übertrieben elegant zwischen Daumen und Zeigefinger, dass sie aussieht wie eine von diesen affigen Schmuckverkäuferinnen in den Werbesendungen, in die man manchmal aus Versehen reinzappt. *Hochwertiger Diamantring, meine Damen, heute nur achthundert Euro, begrenztes Angeb…!*" Und zapp und weg!

Aber uns kann niemand wegzappen. Wir stehen da wie auf den Flurfliesen festgewachsen und erfüllen unsere Mission.

Bene und die Hunderetter.

Bloß, dafür muss uns der Schurke Glückland erst mal reinlassen. Und hoffentlich nimmt er uns ab, dass wir harmlos sind, und verarbeitet uns nicht zu Hundefutter, sowie wir einen Fuß in die Wohnung gesetzt haben. Gut, dass wir zu dritt sind! Ich würde lieber den Rest meines Lebens auf den Knien herumrutschen und Teppichtippen entsorgen, als mich allein in das Hauptquartier von einem Tiergangster und Drogenhändler zu wagen.

„Hallo, Herr Glückland", sage ich höflich. „Äh – wir kennen uns ja schon."

Mia hat sich ein so schüchternes Lächeln ins Gesicht gebeamt, dass ich sie kaum wiedererkenne. Dieses Gesicht erinnert mich an ein Schneeglöckchen, das gerade vorsichtig seinen Kopf aus den Eiskristallen streckt. Keine Ahnung, wie sie das hinkriegt. „Mein Bruder hier hat den nämlich gefunden, den Schalter", zirpt sie und klappert mit den Lidern, als wäre ihr eine Mücke ins Auge geflogen. „Und wir dachten, weil Sie doch gerade hier eingezogen sind … Vielleicht ist der ja von Ihrem Herd abgegangen."

„Es ist natürlich erst mal nur eine Theorie", sagt Ole mit ehrlicher Stimme.

Ich nicke, als hätte ich einen Gummizug im Nacken.

Herr Glückland sieht verdattert aus. „*Was* hat dein Bruder? *Was* ist mit meinem Herd?" Es ist fast, als ob er nicht der Hellste ist. Oder vielleicht taucht er auch gerade aus einer anderen Welt auf, in der er sich weder mit Schaltern noch mit Herden beschäftigt hat, sondern mit ganz anderen Sachen. Mit ziemlich verdächtigen Sachen …

Mia schnauft ungeduldig und erinnert jetzt gar nicht mehr an ein Schneeglöckchen. „Also, ist das Ihrer – oder nicht?", schnarrt sie und hält Herrn Glückland den Schalter unter die Nase.

Gangster oder nicht, Mia darf man nicht aufhalten, wenn sie sich was in den Kopf gesetzt hat.

Herr Glückland schaut über seine Brille und schüttelt sich etwas. „Äh – ja", sagt er. „Das – ja, das kann sein. An meinem Herd ist tatsächlich beim Umzug ein Schalter abgegangen. Aber ich dachte, der liegt noch in Dresden."

Ole richtet sich stolz und gerade auf. „Nein", sagt er würdevoll. „Der lag die ganze Zeit hier. Und ich hab ihn gefunden. Dieser Schalter – es könnte nämlich auch sein, dass …"

Mia knufft Ole in die Seite, und Ole hört so plötzlich

auf zu sprechen, dass man fast hört, wie er seine Worte runterschluckt.

„Nett, dass ihr den extra vorbeibringt", sagt Herr Glückland. Er kneift die Augen zusammen und hebt kurz seinen Arm in meine Richtung. „Hallo, Bene!"

Mia stupst den Schalter ungeduldig ein paarmal in ihre linke Handfläche. „Sollen wir dann mal ausprobieren, ob er an Ihren Herd passt?", fragt sie und drückt Ole den Schalter in die Hand.

„Weil, wenn nicht", füge ich schnell hinzu, „dann würden wir natürlich gern weitersuchen, wo er sonst hingehört."

„Kommt rein", sagt Herr Glückland. Ich habe nicht den Eindruck, dass er uns im Augenblick besonders gut gebrauchen kann. Aber wahrscheinlich denkt er sich, dass er uns erst mal reinlassen muss, bevor er uns rausschmeißen kann. „Viel Zeit habe ich leider nicht, das sage ich euch gleich."

Wir schlurfen durch den Flur, durchs Wohnzimmer und dann nach rechts zur Küche. Auf den ersten Blick sieht es überall so aus, als wohnte hier Herr Netti Paletti persönlich. Aber das sagt ja gar nichts. Wir lassen unsere Augen wie geheime Scheinwerfer durch die Wohnung flitzen. Alles kann wichtig sein – Hundehaare auf dem Sofa, Hundekörbchen im Wohnzimmer, sogar der Geruch in der Wohnung. Wenn es nach Hund, riecht, dann …

Ich schnüffele unauffällig.

„Hast du Schnupfen, Bene?“, fragt Herr Glückland. „Brauchst du ein Taschentuch?“

„Nein, schon gut“, stottere ich, „ich bin nur ein bisschen allergisch gegen … äh … Margeritenpollen.“

Das war knapp. Fast hätte er was gemerkt. Ich muss echt vorsichtiger sein. Zusammen mit Ole schiebe ich mich in die Küche, während Mia im Wohnzimmer zurückbleibt, wo auf dem niedrigen Couchtisch ein aufgeklappter Laptop steht.

Ablenken! Darauf kommt es jetzt an. Herrn Glückland abzulenken, damit Mia in Ruhe ermitteln kann.

In der Küche riecht es nach Pizza. Die leere Packung liegt noch auf dem vollgekrümelten Tisch, und am Herd fehlt tatsächlich der Schalter ganz links.

Hundefutter oder Hundenäpfe sind nicht zu sehen. Aber etwas anderes ist zu sehen … Ich vergesse total das Ablenken und kriege solche Schnappatmung, dass ich mich kurz am Küchentisch festhalten muss. Auf dem Küchentisch nämlich, direkt unter dem Fenster, ist eine deutliche Spur von weißem Pulver zu sehen. Genau dieselbe Art von weißem Pulver, das in den Drogensäckchen auf dem Friedhof war! Wahnsinn, der macht gerade neue Drogensäckchen fertig, der Glückland! Und er versucht noch nicht mal, das Pulver vor uns zu verstecken. Aber er weiß ja auch nicht, dass wir wissen, was es ist. Ein Glück! Mitwisser enden in der Verbrecherszene schnell als tote Wasserleichen, das ist allgemein bekannt.

Bene und die Drogenfahnder.

Und als wäre das nicht schon genug mit dem weißen Pulver, sind am Kühlschrank auch noch mit Magneten Fotos befestigt. Fotos von Kindern – einem Jungen und einem Mädchen. Sie strahlen und grinsen wie die Reklamekinder für Schokopops. Aber sie halten keine Familienpackung Schokopops im Arm, sondern sehr kleine, sehr süße, sehr junge Hunde. Hunde, die viel zu klein sind, als dass man sie von ihrer Hundemutter hätte wegverkaufen dürfen …

Mir bleibt der Mund offen stehen. Werbefotos für Glücklands Hundeverkauf!

Ich gebe Ole mit den Augen ein Zeichen, dass er auf das Pulver und die Bilder achten soll! Er schaut kurz und scharf hin, bevor er den Schalter auf dem Pin am Herd ansetzt, noch ein bisschen rumprokelt und ihn dann sorgfältig drüberschiebt. Übung hat er ja schon, von dem Nupsi am Kirschbaum.

Herr Glückland dreht den Schalter ein paarmal hin und her, sodass der rote Punkt am Backofen jedes Mal an- und wieder ausgeht. „Wunderbar“, sagt er. „Vielen Dank. Sogar die Installation war inklusive!“

Ole nickt und lächelt Herrn Glückland so freundlich an,

dass ich mich für einen Augenblick frage, ob er ihn womöglich wirklich nett findet. Vielleicht kann jemand ja tatsächlich manchmal ganz nett und gleichzeitig ein Gangster sein. Ole hat ja sowieso die Theorie, dass zwei Sachen zugleich wahr sein können. Aber wenn das stimmt, dann macht es das Leben nicht gerade einfacher, finde ich.

„Passt, wackelt und hat Luft“, fährt Herr Glückland fort. „Jetzt kann ich *die* wieder in den Werkzeugkasten tun.“ Er lacht und zeigt auf die Flachzange, die auf dem Herd liegt. „Mit der habe ich nämlich immer den Backofen angeschaltet.“

In der Tür zum Wohnzimmer taucht Mia auf, geräuschlos wie ein Schatten oder wie ein Gespenst. Sie kneift unauffällig das eine Auge zusammen und macht eine winzige Bewegung mit dem Kopf.

„Das war echt nett von euch“, sagt Herr Glückland, „Vielen Dank noch mal. Und jetzt – ich will euch wirklich nicht rausschmeißen, aber ich muss weiterarbeiten.“

Mia wirft ihm einen grimmigen Blick zu. „Kein Problem“, sagt sie mit düsterer Stimme, „wir wollten sowieso gerade gehen!“

Tag 8

Ermittlungen und Erkenntnisse

„Pass gut auf Bene auf, Carmencita!“ Mia drückt mir die Hundeleine in die Hand. „Also, wir sehen uns dann heute Nachmittag. Die arme Alice! Sie hasst es, zum Tierarzt zu gehen. Zum Glück bin ich ja dabei.“

Ich bin noch nie mit einem Hund Gassi gegangen, schon gar nicht mit einem Riesenhund wie Carmencita. Es fühlt sich toll an. Obwohl ich gleichzeitig Angst habe, dass ich ihr vielleicht wehtue, wenn ich an der Leine ziehe. Aber Carmencita zieht selber, eigentlich gehe nicht ich mit ihr spazieren, sondern sie mit mir. Als wir ein Stück die Straße runter sind, biegt sie von ganz alleine auf den Pfad zum Friedhof ein.

Der nette Polizist hat zwar gesagt, ich soll keine einsamen Spaziergänge mehr auf dem Friedhof machen, aber ich habe ja Carmencita dabei. Und der Friedhof ist heute auch nicht einsam. Es wimmelt von Omis, die mit Hacken und Gießkannen und Blumen über die Wege wuseln, an den Gräbern die Erde auflockern und an der Pumpe Wasser holen, als hätten sie sich verabredet.

Dann kann ich ja noch mal kurz bei Opa ums Grab harken, denke ich, wenn ich schon mal hier bin. Der Drogenhändler vom Grab nebenan wird ja heute bestimmt nicht da sein, der versteckt seine heiße Ware längst woanders. Aber da denke ich falsch.

Als ich in den dritten Weg rechts einbiege, sehe ich schon von Weitem einen Hintern in uncoolen Jeans aus der Grab-Bepflanzung von Grab 53 ragen. Ich will schnell umkehren, aber Carmencita zieht mich weiter, und da richtet sich auch schon – ach, du großer Kakerlakenkack! – der Hunde- und Drogenhändler Glückland aus der Grab-Bepflanzung auf und streckt stöhnend seinen Rücken.

Was mach ich jetzt nur? Wenn ich abhaue, riecht er sofort Lunte. Also weitergehen! Carmencita ist ja bei mir, und außerdem all die Omis. Für einen Augenblick sehe ich vor mir, wie sie sich im Fall eines Glückland-Angriffs mit ihren Hacken und Gießkannen und Schäufelchen zusammenrotten und sie Herrn Glückland über den Kopf ballern.

Bedrohter Zwölfjähriger von tapferen Seniorinnen gerettet.

Ich gehe also auf dem dritten Weg rechts weiter und gucke so harmlos, dass ich fast merke, wie mir kleine weiße Engelsflügel wachsen. Lässig schlendere ich heran. Aber dann bleibt mir der Mund offen stehen, und es ist vorbei mit Harmlosigkeit und Lässigkeit, und … *Ich geh hier nur mit meinem Hund spazieren, machen Sie ruhig weiter, Herr Glückland …*

Der Drogenboss Glückland hat alles, was er zu seinen verbrecherischen Machenschaften braucht, um sich aufgereiht: Die verwelkten Margeriten hat er rausgerissen und auf einen Haufen geworfen. Eine Kiste mit neuen, frischen Margeritenpflanzen steht neben dem Grab. Übrigens genau auf dem Gebiet von meinem Opa, wo ich so schön geharkt habe! Davon sieht man natürlich jetzt fast gar nichts mehr.

Aber das mit dem kaputten Geharkten, das ist jetzt mal nicht so wichtig. Das Wichtigste – ich schnappe nach Luft, als hätte mich ein böses Schicksal in die Todeszone des Himalaja gebeamt, wo man ohne Sauerstoffgerät keine Luft mehr bekommt. Das Wichtigste ist eine kleine grünliche Plastikschüssel, die, von Efeuranken halb versteckt, genau vor dem Grabstein steht. Und diese Plastikschüssel ist fast bis zum Rand gefüllt. Mit weißem Pulver!

Ich klammere mich an der Hundeleine fest. Zum Glück ist Carmencita stehen geblieben, denn wenn sie nur ein bisschen ziehen würde, würde ich umfallen. Genau in die Margeriten und mit dem Gesicht – *wamm!* – in die Schüssel mit dem Rauschgift.

„Hallo, Bene", sagt Herr Glückland, „was machst du denn hier?"

Wie kann er bloß so unschuldig tun? Aber genau daran merkt man ja, wie gefährlich er ist.

„Ich geh ... mit meinem Hund ... spazieren", stottere ich. „Ich weiß nicht, ob Sie diese Rasse kennen ... äh ... ähm ... Himalajanischer K-K-Kampfhund. Sehr aggressive Rasse. Man darf sie nicht reizen ..."

„Aha?" Herr Glückland schaut Carmencita interessiert und freundlich an. „Ich hätte jetzt auf irischen Hütehund getippt. Du bist ja ein Feiner!"

Herr Glückland beugt sich zu Carmencita herunter und streckt die Hand aus. Aber es ist ja bekannt, dass Hunde einen untrüglichen Instinkt besitzen, und gleich wird Carmencita die Hand von Herrn Glückland zu Hundefutter zermalmt haben.

Falsch gedacht, Bene. Schon das zweite Mal an diesem Tag.

Carmencita bellt und wedelt mit dem Schweif und wuselt um Herrn Glückland herum, als hätte er ihr gerade eine ganze Wurstfabrik geschenkt. Ich wusste gar nicht, dass Hunde lächeln können.

So viel zum untrüglichen Hunde-Instinkt.

Herr Glückland nimmt seinen Hut ab. Es ist ein ziemlich uncooler Hut, so ein beigegraues Teil, das man zusammenknüllen kann, mit schwärzlichem Hutband. Aber vielleicht trägt man in der Verbrecherszene solche Hüte. Vielleicht erkennt man sich sogar gegenseitig an ihnen. Vielleicht sind solche Hüte ein geheimes Zeichen. Wer weiß!

„Ob es an der Sonne liegt?“, fragt Herr Glückland ratlos und wischt sich mit seinem uncoolen Hut den Schweiß von der Stirn.

„Ob *was* an der Sonne liegt?“, frage ich freundlich. Man darf sich nicht anmerken lassen, dass man Angst hat vor Verbrechern. Man muss sie behandeln wie ganz normale Leute, das ist am unverdächtigsten. Und vor allem darf man sich nicht anmerken lassen, dass man ihnen auf der Spur ist, sonst endet man mit einbetonierten Füßen im Fluss. Oder schlimmer, man findet auf einmal den Kopf seines Lieblingspferdes auf seinem Kopfkissen. Das habe ich selber mal in einem Film gesehen.

Ich versuche, nicht auf das Drogenschüsselchen vor dem Grabstein zu starren.

Wie kann dieser Glückland so frech sein und am helllichten Tag, wo auch noch überall auf dem Friedhof die Omis rumsausen, seine Drogen vergraben?! Die kleinen

Plastiksäckchen hat er wahrscheinlich noch in der Tasche, die nehmen ja nicht viel Platz weg. Vielleicht denkt er, die Omis können sowieso nicht mehr so richtig gucken. Aber ich schon! Aus dem Augenwinkel überfliege ich blitzschnell die Gräblöcher, ob irgendwo schon fertige Drogenpäckchen liegen.

Untersuchung negativ.

„... Alle vertrocknet", seufzt Herr Glückland. „Und nur die Margeriten, ich versteh das nicht. Wenn es Wühlmäuse oder so was gewesen wären, dann hätten sie ja *alle* Wurzeln abgefressen. Vielleicht ist in den Margeriten irgendein Stoff ..."

STOFF! Ist das nicht ein anderes Wort für Drogen? Ich hab da mal ein Referat drüber gehalten! Sie verraten sich doch immer irgendwie, die Verbrecher. Und wenn es nur mit den Worten ist, die sie benutzen!

Unerschrockener Zwölfjähriger überführt polizeibekannten Drogenhändler.

„Ich wollte gerade bei meinem Opa harken", sage ich und zeige mit dem Kinn auf Opas Grabstein. Vielleicht kann ich hierbleiben und noch ein bisschen mehr rauskriegen.

„Das ist dein Opa?" Herr Glückland sieht mich prüfend an. Hoffentlich hat er nichts gemerkt! Seine Augen flitzen hin und her, als ob er blitzschnell nachdenkt und Dinge in seinem Kopf zusammensetzt. Gleichzeitig guckt er irgendwie unsicher, als ob sein Fernsehbild wackelt.

„Ja, klar“, sagt er dann, „du bist ja bei Frau Bürgelin zu Besuch. Hätte ich mir denken können, dass du der Enkel bist. Und … äh … ist … sind deine Eltern auch hier?“

„Mama ist in Schweden“, sage ich.

„Und dein Papa?“, fragt Herr Glückland.

Ich zögere einen Moment. „Papa ist bei Ärzte ohne Grenzen“, sage ich dann sehr laut und klar. „Aber er kommt bald und holt mich ab.“

Nicht dass er denkt, dieser Glückland, ich bin ein armes vaterloses Kind, um das sich niemand kümmert. Nein, er soll ruhig wissen, dass er es mit meinem Papa zu tun bekommt, wenn er mir auch nur einen Fingernagel abschneidet! Das machen ja die Verbrecher mit ihren Opfern, das ist allgemein bekannt. Meistens ist es sogar der ganze Finger. Ich überlege, ob ich noch erwähnen soll, dass Papa zwei Meter groß ist und den schwarzen Gürtel beim Karate hat, aber das wäre vielleicht doch übertrieben.

Herr Glückland räuspert sich und wischt sich wieder mit seinem Hut den Schweiß von der Stirn. Er sieht – wie jetzt? – irgendwie gleichzeitig erleichtert und enttäuscht aus, aber jedenfalls nicht mehr wie jemand, bei dem das Fernsehbild wackelt.

„Mein Opa liegt auch hier“, sagt er und zeigt auf den Grabstein Nummer 53. *Igor Kreimer. 1925 bis 2008.*

Kreimer. Sehr verdächtig, denke ich. Die wechseln ihre Namen ja wie die Hemden, diese Gangster, das ist allgemein bekannt. Aber so einfach kann er mich nicht täuschen, und das soll er jetzt auch ruhig mal merken.

„Wieso heißt Ihr Opa denn Kreimer, wenn Sie Glückland heißen?"

Herr Glückland lacht. „Ich heiße ja Kreimer. Mit Geburtsnamen. Aber ich habe den Namen meiner Frau angenommen. Hättest du doch auch gemacht, oder? Wenn du die Wahl gehabt hättest zwischen Glückland und Kreimer?"

„Weiß nicht", sage ich. „Ich hieß von Anfang an Bene Bürgelin."

„Na, siehst du", sagt Herr Glückland und schaut mich an, „dann haben es deine Eltern ja genauso gemacht."

Was er nur immer mit meinen Eltern hat?

Ich schüttele ein bisschen den Kopf und konzentriere mich auf die Ermittlungen. Jede Einzelheit kann wichtig sein, und lange kann ich hier nicht mehr rumstehen, sonst schöpft Herr Glückland endgültig Verdacht! Ein Glück, dass Carmencita so geduldig ist! Sie hat sich quer über den sonnigen Weg ausgestreckt und macht ein Schläfchen.

„Und wieso liegt Ihr Opa hier? Sie sind doch gerade erst hergezogen."

Ertappt, Herr Glückland!

Herr Glückland verteilt die Margeriten an den Löchern, aus denen er die verwelkten Blumen rausgerupft hat. „Ich hab ja fast zehn Jahre *Am Runenstein* gewohnt", sagt er über seine Schulter. „Ich war ungefähr so alt wie du, als wir hergezogen sind."

„Also zwölf", sage ich.

Herr Glückland lässt eine von den Margeriten fallen und zieht kurz die Luft durch die Zähne, als hätte er sich wehgetan. Wahrscheinlich mag er es nicht, wenn man ihn unterbricht, weil er dann seine Gedanken nicht mehr so richtig zusammenordnen kann. Ich hatte ja schon gestern den Eindruck, dass er nicht sehr schlau ist. Gangster kann man trotzdem sein.

„Genau", sagt er. „Zwölf Jahre alt."

Ich reiche ihm die Margeriten zu, damit ich einen Grund habe, weiter hier rumzulungern. „Und dann?"

Herr Glückland sieht mich irritiert an. „Dann was?", fragt er. Er versteht wirklich nichts.

„Wo sind Sie *dann* hingezogen?", frage ich.

„Nach Dresden", sagt Herr Glückland. „Meine Eltern sind hier wohnen geblieben, und vor ein paar Monaten sind sie nach Mallorca gezogen. Ich habe hier … äh … gerade beruflich zu tun, und da war es praktisch, dass unsere Wohnung noch nicht wieder vermietet war."

Beruflich zu tun. Aaaa-ha! Jaja! Und sehr praktisch, das mit der Wohnung. Super geeignet als Welpenverkaufsraum!

„Und wenn ich schon mal hier bin, kann ich mich auch mal um das Grab von meinem Opa kümmern", sagt Herr Glückland. Er zeigt auf die Blumen. „Margeriten, Vergissmeinnicht, Studentenblumen. Genau solche Rabatten hat er immer gepflanzt, der Opa Igor. Das ist richtig eine Familientradition geworden."

Ich denke an die Blumenkästen auf seinem Balkon und nicke, obwohl er ja gar nicht weiß, warum ich nicke.

„Und der Grabstein muss auch mal wieder geputzt werden. Man kann die Schrift schon gar nicht mehr lesen." Herr Glückland zieht eine alte Zahnbürste aus der Tasche und schüttet einen Schuss Wasser aus einer Wasserflasche in das Drogenschüsselchen. Er rührt um und fängt an, mit der Zahnbürste die Paste sorgfältig in jeden einzelnen Buchstaben zu schmieren. „Backpulver", sagt er stolz. „Das beste Universalputzmittel der Welt."

* * *

Als ich mit Carmencita auf dem Heimweg bin, zittern mir immer noch die Knie. Backpulver! Wie kann man so danebenliegen! Und das weiße Pulver in Herrn Glücklands Küche war natürlich auch Backpulver, das hat er mir kurz noch erzählt, bevor ich mich auf dem Friedhof verabschiedet habe.

Anscheinend hat er nachts in der Dunkelheit nach dem Glas Saft auf seinem Nachttisch gegriffen und plötzlich so ein krabbeliges Gefühl am Mund gehabt. Und da war das Glas voller Ameisen! Brrr, grr, uääääh!

Und überall, wo er Ameisenstraßen in der Wohnung

gesehen hat, hat er Backpulver hingestreut. Nicht nur ins Schlafzimmer, sondern auch auf dem Küchentisch und unter dem Küchenfenster, durch das sie irgendwie, durch eine undichte Stelle, immer reingekommen sind.

Für einen Augenblick versuche ich mich damit zu trösten, dass das vielleicht alles nicht stimmt und Herr Glückland einfach lügt wie gedruckt. Aber dann denke ich, es kann ja wohl nicht sein, dass er dort auf dem Friedhof hockt und den Grabstein schrubbt und wartet und wartet, ob ich vielleicht vorbeikomme, damit er mir dann seine Geschichte erzählen kann. Vielleicht hat er wirklich mit den echten Drogensäckchen unter der ersten Margeritenbepflanzung nichts zu tun. Der Polizist hat ja irgendwie so was gesagt, dass sie schon jemanden in Verdacht haben.

Welpenhändler ist er leider immer noch, der Glückland! Leider. Denn eigentlich ist er echt nett.

Aber das, denke ich und muss tatsächlich ein bisschen seufzen, das heißt ja nicht, dass er nicht trotzdem ein Ganove sein kann.

Glückland, der Mann mit den zwei Gesichtern!

Ole hat schon recht damit, dass zwei Dinge gleichzeitig wahr sein können. Lustig, dass seine Theorien immer mal wieder ins Schwarze treffen! Nur das mit dem Weltänderungsschalter, das war reine Spinnerei. Dabei war es ihm so wichtig! Ich muss ihm sagen, dass es nicht geklappt hat. Jedenfalls nicht bei mir. Nicht mit dem, was ich mir gewünscht habe. Aber das sag ich ihm dann, wenn ich abfahre. Ich bin ja noch zwei Tage hier.

***

„Backpulver? Du spinnst!“ Mia lässt fast Carmencitas Hundeleine fallen, die ich ihr gerade in die Hand gegeben habe.

Ich muss ihr zwei Mal die Geschichte erzählen, mit allen Einzelheiten, bis sie mir schließlich glaubt, dass wir mit Glücklands Drogenhandel auf dem Holzweg waren.

„Aber das andere stimmt, das mit dem Welpenhandel“, sagt sie entschieden.

Wir verabreden uns für sofort nach dem Mittagessen zur weiteren Recherche in Sachen *Hunde-Mafioso Glückland*.

***

„Schling nicht so“, sagt Oma, als ich um Punkt ein Uhr bei ihr am Tisch sitze. „Dafür habe ich nicht den ganzen Morgen am Herd gestanden! Das ist *selbst gemachter* Kartoffelbrei! Mit guter Butter! Matsch nicht mit dem Essen! Was hast du heute gemacht? Erzähl mal was!“

Ich kaue den Mund leer. „Ich hab Herrn Glückland getroffen“, sage ich.

„Glückland?“ Oma runzelt die Stirn.

„Glückland, der neue Mieter von unten“, antworte ich.

„Ach, der.“ Oma schneidet sich mit eleganten Bewegungen einen Brocken Gulasch in zwei Stücke. „Keine Manieren, der Mann. Der hätte auch mal raufkommen können und sich vorstellen. Oder wenigstens mal Guten Tag sagen im Flur. Der soll sich bloß nicht einbilden, dass ich zuerst grüße!“ Sie ruckelt die Schultern in ihrer gepunkteten Bluse zurecht und setzt sich aufrecht und majestätisch hin, als wäre sie die Königin von England persönlich. „Wo hast du den denn getroffen?“

„Auf dem Friedhof“, antworte ich und nehme mir eine zweite Portion Kartoffelbrei. „Wusstest du, dass der Herr Glückland hier schon mal zehn Jahre gewohnt hat?“

„W… waaas?“ Oma schnappt nach Luft und lässt die Gabel auf ihren Teller fallen. Die Gulaschsoße spritzt auf die gestärkte Tischdecke. Oma sitzt und starrt den Fleck an. Ich wundere mich, dass sie nicht aufspringt und Wasser holt, um den Fleck rauszureiben. Aber vielleicht muss die Decke sowieso in die Wäsche.

„Halt dich von dem fern!“, schnappt Oma. „Das ist eine ganz düstere Existenz!“ Sie sieht mich misstrauisch an, als wäre ich auch eine düstere Existenz. „Was … äh … was hat er gesagt?“

Ich kaue den Mund leer. „Nicht viel. Er hat gerade den Grabstein von seinem Opa sauber gemacht.“ Ich weiß nicht, was Oma genau meint mit der *düsteren Existenz*, und mache mir eine Notiz im Kopf, dass ich sie das gleich unbedingt noch fragen muss. „Wusstest du, dass das Grab von Opa und das Grab vom alten Herrn Kreimer genau nebeneinanderliegen?“

Ja“, sagt Oma spitz, „das wusste ich allerdings. Wenn ich bedenke, dass ich mal neben diesem Igor Kreimer liegen muss, wenn ich tot bin!“

„Kann dir doch egal sein, wenn du tot bist.“

„Nein“, schimpft Oma und ballt die Fäuste, „das kann mir *nicht* egal sein. Diese – diese Kreimers!“ Oma schiebt sich einen riesigen Brocken Gulasch in den Mund und schüttet ein halbes Glas Wasser hinterher, als wollte sie die ganze Familie Kreimer verschlingen. „Und dieser feine Sohnemann! Schleicht sich hier unter falschem Namen ein! Glückland! Wenn ich das schon höre!“

„Es ist kein falscher Name“, sage ich. „Er heißt jetzt so. Hat den Namen von seiner Frau angenommen.“

„Ah“, schnarrt Oma. „Hat er eine Dumme gefunden.“

Auf die Kreimers, und besonders auf Herrn Glückland,

hat sie ja wohl voll die Hasskappe geschmissen. Aber warum? Ich bin ja eigentlich mit Mia verabredet, aber es kann schließlich nichts schaden, wenn ich vorher noch von Oma etwas über Herrn Glückland und seine *düstere Existenz* erfahre.

„Wieso hast du den Glückland denn nicht erkannt?“, frage ich. „Wenn der doch hier schon mal zehn Jahre gewohnt hat?“

„Den?“, erwidert Oma. „Mit seinen Raspelstoppeln auf dem Kopf? Den hätte ich nie wiedererkannt! Den hättest du mal früher sehen sollen! Bei dem hat man kaum die Augen gesehen vor Wolle auf dem Kopf! In Russland kennt man wahrscheinlich keine Friseure.“

„Wieso in Russland?“

„Na, die sind doch aus Russland gekommen!“, erzählt Oma. „Aus Kasachstan. Mit nichts auf dem Hintern! Haben noch nicht mal richtig Deutsch gesprochen!“ Oma schnaubt verächtlich. „Kucken Sie, Frau Scheen! Chobe ich Ihre Wosserchähne gepoliert, bis glitzt!“, flötet sie mit übertriebenem russischen Akzent.

„Hat die Frau Kreimer bei dir geputzt?“, frage ich und denke an die Sache mit dem Spiegel unter dem Rand vom Klobecken.

Oma nickt. „Und gar nicht mal schlecht, das muss man ihr lassen. Aber ich hab sie auch fair bezahlt. Und ihr immer meine alten Sachen gegeben.“ Oma schlenkert ihren Zeigefinger durch die Luft. „Sehr gute Sachen!“, sagt sie in dem Ton, in dem sie sonst *Hübsche Kinder!* sagt, und schwenkt wieder ihren Zeigefinger. „Die hatten ja nichts! In der Baracke drüben am Waldrand haben die gewohnt, zu dritt in einem Zimmer!" Oma nimmt ihre Brille ab und poliert sie wütend mit ihrer Serviette. „Und dann, Knall auf Fall, hat Frau Kreimer gekündigt und angefangen, als Kindergärtnerin zu arbeiten. Was sagst du dazu?" Oma wartet nicht, was ich dazu sage, sondern redet ohne Pause weiter, als hätte sie Quasselwasser getrunken. „Und ihr Mann hat eine Schreinerei aufgemacht. Und dann, stell dir vor, sind sie in die Wohnung unten gezogen. Ziehen einfach in dasselbe Haus wie wir!", ruft Oma empört. „Meine Putzfrau!"

„Und Herr Glückland? Wieso war der eine düstere …?"

Genau deshalb sitze ich ja noch hier und lasse Mia warten, damit ich vielleicht noch etwas über Herrn Glückland erfahre. Aber Oma hört gar nicht zu.

„Opa hat immer gesagt, reg dich nicht so auf, Renate, es sind doch nette, ordentliche Leute! Opa war einfach zu gut für diese Welt! Und dann ist er gestorben." Oma tupft sich ein paar Tränen mit der Serviette ab und schnäuzt sich dann mit voller Kraft hinein. Sie klingt wie ein erkälteter Benjamin Blümchen. „Und die Kreimers, stell dir vor, die haben ihre ganzen Ersparnisse zusammengekratzt und sich Geld von der Bank geliehen und das Haus gekauft!"

„Welches Haus?", frage ich.

„Na, *dieses* Haus!", kiekst Oma und zeigt empört auf

die Wände und Fenster und den blanken Parkettfußboden. „Wo ich mit deinem Opa seit dreißig Jahren gelebt hatte! Wo meine Tochter geboren ist! Es war zu verkaufen, und die Kreimers haben mir das einfach unterm Hintern weggekauft!"

Omas Stimme kippt über vor Empörung. Mir fällt auf, dass sie nun schon zum zweiten Mal das Wort *Hintern* benutzt.

„Und kaum fünfzehn Jahre davor sind sie aus der Walachei gekommen. Mit nichts!"

„Wolltest *du* das Haus denn kaufen?", frage ich.

„Ich?", keift Oma. „Natürlich nicht! Ich werd mir doch kein Haus ans Bein binden, damit hat man doch nichts als Ärger!"

„Und, äh", frage ich, „haben sie dir die Miete erhöht?" Das war nämlich so bei Wunni, sie mussten auf einmal viel mehr Miete an den neuen Hausbesitzer bezahlen.

„Die Miete erhöht? Das wär ja noch schöner! Nein, sie ..." Oma windet sich verlegen. „Sie ... äh ... sie haben die Miete runtergesetzt. Weil ich ja jetzt Witwe wäre, haben sie gesagt. IST DAS NICHT EINE UNVERSCHÄMTHEIT?", schreit sie plötzlich los. Ich zucke zusammen. „Ich soll Almosen nehmen von meiner *Putzfrau*!"

„Was für Moose?", frage ich.

„Almosen", faucht Oma. „Milde Gaben! Wie ... sagen wir mal ... wie eine Königin sie einer Bettlerin geben würde!"

Oma kann gar nicht aufhören zu erzählen, was die Kreimers alles Furchtbares gemacht haben. Es schießt richtig aus ihr raus wie das Wasser aus einer Regenrinne, wenn es drei Tage geregnet hat. „Und dann haben sie auch noch das Grab neben uns für ihren Opa gekapert, angeblich weil es so eine schöne Aussicht hat! Überall haben sie sich breitgemacht, diese hergelaufenen Kasachen! Und zuletzt hat dieser Viktor …"

„Wer ist denn jetzt schon wieder Viktor?", frage ich.

Oma stockt und schnappt zu, so wie neulich, als ich sie gefragt habe, warum meine Eltern sich getrennt haben.

„Niemand", knurrt sie. „Niemand. Jedenfalls, dass du mir nicht auf die Idee kommst, noch ein einziges Mal mit diesem … diesem Glückland zu sprechen! Das ist eine ganz düstere Existenz!"

Ich nicke. Vermutlich meint sie mit *düsterer Existenz* verdächtig oder so. Und damit hat sie ja leider recht. Nur, woher weiß sie das? Von dem Welpenhandel kann sie ja eigentlich nichts wissen. Vielleicht hat der schon komische Sachen gemacht, als er noch hier gewohnt hat? Ich überlege, ob ich ihr von dem Welpenhandel erzählen soll. Und ich wollte sie doch auch noch fragen, warum sie meint, dass Herr Glückland eine düstere Existenz ist. Aber da klingelt es, und Herr von Finkelstein kommt hereinspaziert – mit ziemlich weit aufgeknöpftem weißem Hemd, frisch geföhntem Brusthaar und blitzendem Fingerring.

„Liebe Frau Bürgelin!“, schleimt er. „Es tut mir leid, dass ich Sie und Benedikt beim Mittagessen störe. Das riecht köstlich! Aber Sie sehen ja ganz blass aus, liebe gnädige Frau! Was ist denn passiert?“

Oma nimmt sich zusammen. „Du bist fertig mit Mittagessen, Bene, oder?“, sagt sie, und es klingt, als ob sie mich rausschmeißt. Aber bevor ich gehe, schaut sie mich noch mal streng an. „Halt dich von diesem Glückland fern“, sagt sie und klopft mit ihrem Zeigefinger auf den Tisch. „Das ist kein Umgang für dich!“

Auf dem Weg zu Mia muss ich fast ein bisschen grinsen. Oma! Oma mit ihren Adligen und ihrem Aristokratie-Fimmel! Wie kann sie nur so sauer auf die Kreimers sein? Die haben ihr doch überhaupt nichts getan! Normalerweise würde ich Herrn Glückland jetzt *gerade* nett finden. Aber leider ist er ja wirklich eine düstere Existenz, und ich muss ihn verdammen und verachten. Aus Gründen, die wir jetzt gleich im Internet ermitteln werden.

***

Als ich zu dem Haus mit dem Efeu komme, sitzen Mia und Ole schon auf dem Mäuerchen und hibbeln herum, als hätten sie Ameisen in der Hose.

„Mensch, Bene, da bist du ja endlich!“, stöhnt Mia und dreht ungeduldig an ihrem linken Zopf. Aber sie sagt es nett und lustig, und sie wird noch netter und lustiger, als ich erzähle, warum ich mich so verspätet habe.

„Ach. Das ist ja interessant“, sagt sie mit ihrer Kommissarinnen-Stimme. „Dann war das schon immer so ’n komischer Typ, dieser Glückland. Vielleicht ist der überhaupt aus Duderstedt weg, weil ihm der Boden hier zu heiß geworden ist, damals vor dreizehn Jahren. Guck mal, was ich neben seinem Laptop gefunden habe!“

Sie schnappt sich ihr Handy aus der Hosentasche und hält mir ein Foto unter die Nase. Ein Zettel mit Buchstaben und Zahlen. Eine Adresse. Doppelt unterstrichen, mit einem Ausrufezeichen daneben.

„*Mümmelmannsstieg 15*“, buchstabiere ich mühsam. „Klingt nett als Adresse.“

Mia lacht, aber so, wie man lacht, wenn man etwas überhaupt nicht lustig findet. „Ja, klingt nett. Aber da möchtest du lieber nicht wohnen. Wir fahren da immer vorbei, wenn wir zum Wildpark wollen. Ist der letzte Bauernhof rechts. So ’n total verdrecktes, runtergekommenes Teil.“

Ole nickt. „Wenn ich ’n Tier wär, ich würd da sofort abhauen.“

„Könntest du nicht“, antwortet Mia nachdenklich. „Nicht, wenn du eingesperrt wärst und noch klein und man hätte dich von deiner Mama weggeraubt und da zwischengelagert, bis du verkauft wirst.“

„Und da willst du jetzt hin?“, frage ich. „Ich dachte, wir wollten ins Internet.“

„Erst mal das“, sagt Mia. Sie steckt das Handy in die Hosentasche und schließt ihr Fahrrad auf. „Du kannst Oles altes Rad nehmen, Bene. Ist nicht so weit.“

„Und es geht immer bergab“, setzt Ole tröstend hinzu. „Jedenfalls auf dem Hinweg.“

* * *

Der Bauernhof am *Mümmelmannsstieg 15* sieht aus, als ob da seit Jahren niemand mehr gewohnt hat. Vor dem Haus stehen rostige, kaputte Landmaschinen. Ein Misthaufen müffelt in der Sonne vor sich hin, ausgetrocknete Pfützen mit modrigen Schlammresten gammeln neben vertrockneten Unkrautbeeten. Und das Haus ist so windschief, dass der nächste ordentliche Sturm es mit dem ersten Hui umwehen könnte.

Trotzdem kann man ja nie wissen. Wir fahren langsam vorbei und verstecken unsere Räder im Gebüsch. Ole hat gesagt, es ist total blöd, wenn wir heimlich aufs Gelände schleichen. Falls da doch jemand ist und uns sieht, schöpft der sofort Verdacht. Das ist ja wohl klar wie Kakerlakenkack!

Deshalb latschen wir laut und auffällig durch das quietschende Gartentor. Laut und auffällig unterhalten wir uns darüber, wie BLÖD es ist, dass wir uns SO verfahren haben! Und HOFFENTLICH kann uns hier jemand sagen, wie wir nach Duderstedt zurückkommen! Laut und auffällig rufen wir von Zeit zu Zeit „HALLOO!“ und schauen dabei so unauffällig wie möglich durch ein Fenster ins Haus hinein.

Wir haben Glück. Jedenfalls zuerst. Kein Hofhund, der sich auf uns stürzt, und auch sonst niemand zu sehen. Nur dunkle Fensterhöhlen, gelbliche Gardinen und blau schimmernde Schmeißfliegen über dem Misthaufen. Es ist, als hätte jemand einen Kübel mit grauer Traurigkeitspampe über der Farm ausgekippt. Wenn ein Ort weinen könnte, dann würde dieser Ort ununterbrochen vor sich hin schniefen. Ich höre geradezu ein Wimmern, aber das bilde ich mir natürlich …

„Mensch, Bene, hörst du das?“ Mia packt mich so fest am Arm, dass es fast wehtut. Wir stehen neben der grauen Scheune hinter dem Haus. Und durch die Scheunenmauer dringt ein ganz schwaches Wimmern, ein Jammern und Jaulen. Wie von sehr kleinen, sehr jungen Hunden.

Mia stemmt sich gegen das Scheunentor. „Drückt! Feste!“

Aber das Tor ist natürlich zugeschlossen, und mit Gewalt kriegt man das Riesending nie auf.

„Wenn wenigstens die Fenster nicht so weit oben wären!“, stöhnt Mia.

„Oder wenn wir den Pilz hätten!“, sagt Ole.

„Waas?“ Mia springt fast aus ihren Turnschuhen. „Wenn wir *was* hätten?“

„Den *Pilz*“, erklärt Ole geduldig. „Den Pilz aus *Alice*

im Wunderland. Wo man von der einen Seite größer wird. Vom Pilz." Ole bewegt die Hände, als ob er etwas durchbricht. „Würde ja schon genügen, wenn bloß dein *Hals* einen Meter lang wär. Dann könntest du da oben reingucken."

Und da fällt mir die Sache mit der Räuberleiter ein. Ich mache das manchmal mit Wunni, damit einer von uns über die Schulmauer klettern kann und zum Laden rennen und bei Herrn Akbas Gummibärchen und Instant-Nudeln mit Hähnchengeschmack kaufen. An den normalen Ausgängen muss man ja leider immer damit rechnen, dass da Lehrer rumstehen und fragen, in welcher Klasse man ist und ob man überhaupt das Schulgelände verlassen darf und ob die Einwilligungserklärung der Eltern vorliegt.

„Wackel nicht so!", ruft Mia. Sie steht auf meinen Schultern und wackelt selber so sehr, dass ich fast umfalle. „Boah, das ist voll dunkel in der Scheune! Man sieht nichts. Aber doch! Dahinten! Ich fass es nicht!"

Ich merke an dem Gekippel auf meinen Schultern, dass sie ihr Handy aus der Hosentasche fummelt.

Und genau in dem Augenblick, als ich ihre Handykamera klicken höre, und klicken und klicken und klicken, kommt jemand um die Hausecke. Jemand mit funkelnden Brillengläsern und uncooler Fahrradjacke und Fahrradklammern an den Hosenbeinen und bescheuertem beigen Hütchen. O Mannomann! Dies ist wirklich ein Ort des Grauens!

Herr Glückland starrt uns an. Wenn ihm gerade der Himmel auf den Kopf gefallen wäre, könnte er nicht verdatterter gucken. Er steht da, als könnte er sich nie wieder bewegen, wie die Fliege in dem hässlichen Bernsteinanhänger von Wunnis Oma. Für eine Sekunde hoffe ich, dass ein riesiger Harztropfen vom Himmel fällt und ihn eingießt, aber das passiert natürlich nicht.

Erst nach ein paar Sekunden blinkert er mit den Augen und ruckelt mit dem Kopf und schiebt die Brille auf seiner Nase rauf und wieder runter. Vielleicht kann er nicht glauben, was er da sieht, obwohl es ja leider ziemlich klar ist. Denn wie sieht es wohl aus, wenn ein Kind auf den Schultern eines anderen Kindes steht und durch die Fenster der Welpenscheune ... Obwohl man nicht weiß, wie lange das obere Kind da noch stehen kann, weil die Beine des unteren Kindes gerade dabei sind, sich in extrasahnigen Kartoffelbrei mit *guter* Butter zu verwandeln.

Und Mia, die Arme, die weiß noch gar nicht, was uns gleich passiert! Sie kann Glückland ja nicht sehen, sie steht mit dem Rücken zu ihm!

„Mia!“, krächze ich, und ich wundere mich, dass aus meinem Hals überhaupt Töne rauskommen können, weil der auf einmal ausgetrocknet ist wie die Pfützen vorne vorm Haus.

„Sekunde“, murmelt Mia. „Noch *ein* Foto!“

Na toll, denke ich. Wenn Glückland das gehört hat, dann weiß er das jetzt auch. Gleich wird er den Scheunenschlüssel aus der Tasche ziehen und uns in die Scheune sperren. Zusammen mit den kleinen Hunden, die da drin sind. Oder vielleicht fällt ihm ja auch noch was Schlimmeres ein. Wer weiß, wozu ein Gangster fähig ist, um unbequeme Mitwisser auszuschalten?

„Was macht ihr da?“, fragt Herr Glückland mit lauter Stimme. Ich spüre durch meine Schultern, wie Mia zusammenzuckt, bevor sie runterspringt. Ihr Handy ist in ihrer Hosentasche verschwunden.

Wir stehen genauso starr da wie eben Herr Glückland. Ich versuche, Ideen in Mias Gehirn zu beamen, aber es klappt nicht. Wahrscheinlich liegt es daran, dass mein Kopf so leer ist, als hätte ein Monster eben das letzte Fitzelchen Gehirn rausgekratzt und es schmatzend verspeist. Mia macht den Mund auf und wieder zu.

O Gott, wie kommen wir hier weg? Wenn wir abhauen, kann Glückland mindestens einen von uns schnappen. Nein, wir müssen zusammenbleiben! Aber was sagen wir ihm bloß? Wie können wir erklären, was wir hier machen? Wir können doch nicht behaupten, wir üben für die Zirkus-Olympiade!

„Wir üben für die Zirkus-Olympiade“, sagt Ole mit fester Stimme. „Bei uns in der Schule ist Projektwoche. Wir sind die menschliche Pyramide. Aber wir sind noch nicht so ganz zufrieden. Wie finden *Sie* es denn?“

Herr Glückland schluckt.

O Gott, Ole, jetzt lass doch den Quatsch!, rufe ich in

meinem Kopf. *Du kannst den doch nicht noch mehr reizen durch blöde Bemerkungen!*

„Ich finde“, sagt Herr Glückland mit schneidender Stimme, „es ist noch nicht ganz ausgereift. Und außerdem finde ich“, seine Stimme wird noch schneidender, „ihr solltet unbedingt woanders üben.“

Wie, woanders, denke ich in meinem leer gekratzten Kopf. Er lässt uns gehen? Einfach so? Vielleicht hat er nicht gemerkt, dass Mia Fotos gemacht hat. Denn es kann ja nicht sein, dass er Oles blöde Ausrede geglaubt hat! Oder vielleicht doch? Er ist ja nicht der Schlaueste – das denke ich schon lange. Was für ein Glück! Aber wütend ist er, so wütend, dass er beinah spuckt.

Er erinnert mich an meine Klassenlehrerin aus der vierten Klasse, als Wunni und ich damals auf Juist, bei der Wattwanderung, einen kleinen Seehund gefunden hatten und plötzlich die Gruppe weg war. Also, eigentlich waren *wir* weg. Und als die Lehrer uns wiedergefunden hatten und es klar war, dass wir doch nicht in der Flut ertrinken würden, da hat Frau Herzig-Nageblick uns so zusammengefaltet, dass wir am liebsten wie Wattwürmer im feuchten Sand verschwunden wären. Komisch, wie ich jetzt darauf komme. Herr Glückland sieht Frau Nageblick überhaupt nicht ähnlich. Er sieht eigentlich jemand anderem ein bisschen ähnlich, aber ich kann es im Augenblick …

„Ihr verschwindet jetzt in dieser Sekunde, ihr Zirkusartisten!“, spuckt Herr Glückland. „Und kommt nicht auf die Idee, noch einmal einen Fuß auf dieses Grundstück zu setzen! Haben wir uns verstanden?“

Wir machen uns so klein wie möglich und versuchen, ob es nicht eventuell sogar klappt, dass wir unsichtbar werden. Mit eingezogenen Köpfen schleichen wir an Herr Glückland vorbei, holen unsere Räder aus dem Versteck und strampeln nach Duderstedt zurück. Es geht die ganze Zeit bergauf. Ich muss auf Oles kleinem alten Rad dreimal treten, wenn Mia und Ole einmal treten. Wie lange es wohl dauern kann, bis man vor Anstrengung einen Herzinfarkt kriegt?

Auch Mia neben mir pustet, als müsste sie einen Luftballon nach dem anderen aufblasen. Sie ist knallrot im Gesicht, aber bei ihr ist es wahrscheinlich mehr vor Wut. „Ich hab es ja gleich gedacht“, platzt sie schließlich heraus. „Die ganze Scheune voller kleiner Hunde!“

„Echt?“, keuche ich.

Mia nimmt eine Hand vom Lenker und wischt sich mit dem Handrücken durchs Gesicht. „Na ja, nicht die ganze Scheune. Aber da waren junge Hunde. In so Wannen. So Kinderbadewannen. Immer ein paar Welpen in einer Wanne, wo die überhaupt keinen Platz hatten! Alles dreckig und dunkel, und – und was meint ihr, wie klein die noch waren!“

Mia tritt wütend in die Pedale und fährt noch schneller, bis ich das Gefühl habe, meine Zunge wickelt sich gleich um den Lenker.

„Zeig uns doch mal die Fotos!", ächze ich. „Da vorne ist eine Bank. Damit wir – erst mal einen Überblick kriegen!"

Mia biegt ab, und wir setzen uns auf die Bank und trinken aus der Trinkflasche, die an Oles Lenker hängt. Als Mia uns die Fotos gezeigt hat, sehen wir uns an und sagen erst mal gar nichts mehr.

Ich denke, dass Oma leider recht hatte. Warum denke ich eigentlich *leider*? Jetzt hat Herr Glückland sein wahres Gesicht gezeigt! Ganz egal, wie nett er immer getan hat. Und klar, dass er die Welpen natürlich nicht auf diesem schrottigen Hof verkauft, da schöpft ja jeder gleich Verdacht. Da hat er die nur zwischengelagert. Wie irgendeine Ware! Der Verkauf läuft in seiner schnuckeligen Wohnung mit Terrasse und Balkonblumen. Wir brauchen nur noch ein einziges Puzzleteil, überlege ich weiter, nämlich seine Anzeige auf eBay. Dann haben wir alle Beweise gesammelt und können zur Polizei gehen und ihn endlich seiner gerechten Strafe zuführen.

„Kommt, auf ins Internet!", sagt Mia. „Wir fahren jetzt nach Hause zurück und setzen uns an meinen PC."

* * *

Mias und Oles Papa hat uns selbst gebackene Müslistangen und Apfelschorle gebracht und gefragt, ob wir klarkommen, PC-mäßig.

Mia hat „Ja, jaaa!“ gesagt und mir einen lustig-verzweifelten Blick zugeworfen und „Väter eben …!“ gesagt, als ihr Papa raus war.

Ich habe genickt und zurückgegrinst, obwohl ich ja nicht so richtig viele eigene Erfahrungen mit Vätern habe. Eigentlich gar keine, denn mein Papa ist ja irgendwo in der Welt und führt vermutlich gerade jetzt in einem kleinen schwankenden Boot eine lebensrettende Operation durch. Um das Boot spritzt die Gischt, und die Krankenschwester flüstert: „Wenn wir Sie nicht hätten, Herr Doktor!“

„Bene?“ Mia stupst mich an. „Ich sag grad, perfektes Timing erwischt, als wir beim Glückland in der Wohnung waren, oder? Was für’n irres Glück, dass der gerade auf eBay war! eBay Welpenkauf.“ Mia schnaubt wütend. „Wenn das kein Indiz ist, weiß ich auch nicht!“

Ich denke an den aufgeklappten PC auf Herrn Glücklands Couchtisch und konzentriere mich. „Ja, jetzt müssen wir nur noch die Anzeige finden, die der da reingestellt hat.“

Bene und die Chefermittler.

Mia fährt ihren PC hoch. Auf dem Bildschirmfoto kuscheln Alice und Carmencita auf einer sehr grünen Wiese.

„So“, flüstert Mia zufrieden. „eBay, here we come. Wel-pen-ver-kauf Duderstedt.“

Wir beugen uns vor. Eine Anzeige nach der anderen scrollt vorbei.

„*Bin auf der Suche nach ein klein Hund*“, murmelt Mia. Grammatik Fünf. *Hallöchen, wir suchen eine Hündin, nicht unter … Unser großartiger Rüde stellt sich der Damenwelt zur Verfügung … Chihuahua ges…*

„Die *suchen* ja alle“, sagt Ole. „Bis auf den Rüden mit der Damenwelt.“

Mia zuckt die Achseln. „Das ist so. Hat Lea mir erzählt, es gibt viel mehr Gesuche als Angebote. Man muss halt alles durchlesen. *Luna auf der Suche nach dem Glück – aus persönlichen Gründen müssen wir* … Nee, das kann's auch nicht sein.“

Irgendwie hatte ich mir das einfacher vorgestellt. Wie

sollen wir aus allen diesen Anzeigen die von Glückland herausfinden?

Unsere acht süßen Fellnasen sind vor zehn Wochen geboren und wünschen sich ein liebevolles Zuhause … Schnäuzchenalarm … Suche für meine Mutter …

Die Anzeigen fangen an, uns vor den Augen zu tanzen. Wir werden immer nervöser und ratloser. Bis Mia auf die Idee kommt, unter *Ort* statt *Duderstedt, Umkreis 100 km Duderstedt, nur Ort* einzustellen.

Und da bleibt nur noch eine Anzeige übrig, die infrage kommt:

Zauberhafte Malteser-Welpen, 10 Wochen alt, liebevoll in der Familie großgezogen, suchen neues liebevolles Zuhause. Die Mutter ist vor Ort und kann besichtigt werden. Abgabetermin: Mittwoch, 12. Juli, ab 17 Uhr, Anmeldung unter …

„Was für 'ne Mutter?", murmelt Mia. „Ach, klar, die Hundemutter. Na ja, die kann er sich irgendwo ausleihen und danebensetzen."

12. Juli. Das ist ja schon morgen! Mein vorletzter Ferientag.

Mia grinst mich triumphierend an. „Dann kannst du ja noch dabei sein, wenn wir den Glückland überführen", sagt sie. „Der wird schon merken, dass er eigentlich *Pechland* heißen müsste! Gleich morgen früh gehen wir zur Polizei."

„Vielleicht", überlegt Ole, „kriegen wir zur Belohnung

einen von den Welpen geschenkt." Er nickt mir ernsthaft zu. „Den kriegst du dann. Wir haben ja schon so viele Tiere."

Ole ist echt ein Guter, denke ich.

Das mit dem Welpengeschenk ist ja leider nur eine von seinen verrückten Theorien. Trotzdem muss ich das Foto von dem kleinen weißen Hund neben der Anzeige immer wieder anschauen und dabei ein bisschen seufzen. Mein Herz wird ganz wabbelig, wie diese zuckrigen Süßigkeiten, die man als rosa Mäuse oder grüne Krokodile kaufen kann. Wenn er mir gehören würde, dieser Welpe, würde ich ihn Schneeflocke nennen. Oder vielleicht Glupsch, weil er so lustige Glupschaugen hat. Und jeden Tag ...

„... sehen selbst wie Tiere aus", sagt Ole.

„Was?" Ich schrecke aus meiner Träumerei auf und stopfe mir zerstreut eine halbe Müslistange in den Mund.

Ole zeigt auf den Bildschirm. „Die *Hände* von dem, der den Hund in die Kamera hält", sagt er und zeigt auf das Foto auf dem Bildschirm. „Die Hände sehen fast selbst aus wie kleine Tiere, mit den vielen schwarzen Haaren drauf."

Ich starre die Hände auf dem Foto an. Puzzleteile rasen in meinen Kopf, über dem eine Glühbirne immer heller wird.

Denn ich kenne die Hände, die den weißen Welpen in die Kamera halten! Diese Hände, die selber fast aussehen wie kleine schwarze haarige Tiere! Und ich kenne vor allem den fetten goldenen Ring mit dem blauen Stein, der am rechten Zeigefinger blitzt.

„Mia“, frage ich aufgeregt, „du hast doch dieses schwarze Auto gesehen, oder? Das mit den kleinen Hunden drin.“

Mia nickt grimmig. „Ja, hab ich. Werd ich nie vergessen. Würd mich keine Sekunde wundern, wenn das diesem Glückland gehören würde.“

Ich beuge mich zu ihr hin. „Schwarzer SUV, oder?“, frage ich.

„Pottschwarz!“, antwortet Mia zornig. „Hab ich euch doch erzählt! Wo es innen drin so brüllend heiß wird, wenn die Sonne draufscheint! War zwar ein riesiger Aufkleber auf der Heckscheibe, aber der hält die Sonne ja auch nicht ab!“

„Der Aufkleber“, japse ich. „Weißt du noch, wie der aussah?“

Kriminalkommissar Bene.

„Der Aufkleber?“ Mia kaut kurz an ihrem Zeigefinger. „Irgend so ’n dämliches Protzteil, genauso protzig wie der SUV. ’ne Bulldogge mit Sonnenbrille, glaub ich, wo *Boss* draufstand.“ Mia nickt. „Ja, ’ne Bulldogge.“

Die Glühbirne über meinem Kopf ist mittlerweile so groß wie ein Fesselballon. Dieser SUV, mit diesem Aufkleber – ich hab selber schon drin gesessen.

Herr Glückland, unser Hauptverdächtiger, hat doch überhaupt kein Auto! Das müsste ja sonst auf dem Platz vorm Haus stehen. Und außerdem hab ich schließlich mitgekriegt, wie er mit dem Fahrrad losgefahren ist – mit diesen bescheuerten Fahrradklammern an den Hosenbeinen.

Die ganze Zeit war *noch* ein Tierhändler vor unserer Nase. Finkelstein, der Schleimer mit den haarigen Tierhänden und dem Riesenklunker am Finger! Vielleicht ist der sogar der Boss von allem, und wir haben ihn nicht gesehen, weil wir nur die Glückland-Brille aufhatten!

Ich frage mich, was man noch so alles übersieht im Leben, weil man durch die falsche Brille guckt.

Am Ende der Anzeige ist eine Telefonnummer angegeben. *Anmeldung unter Duderstedt 65 000.* Sechs, fünf, dreimal die Null.

Sechs, fünnef, dreimal die Null. Eine Telefonnummer, die ich auswendig lernen musste. Und auswendig lernen und auswendig lernen. *Falls was passiert, Bene!*

Ich falle fast vom Stuhl. Es sind nicht nur Finkelstein und Glückland. Wie es aussieht, ist es leider auch Oma.

* * *

„Was?" Mias Augenbrauen rutschen hoch bis fast zu ihrem Haaransatz. „Du meinst, deine Oma arbeitet mit diesem – diesem Finkelstein zusammen? *Und* mit dem Glückland? Das kann doch nicht sein! Omas ..."

Ich weiß, was sie sagen will. Omas schaukeln ihre

Enkelkinder und machen Bustouren zur Tulpenblüte nach Amsterdam und erzählen von ihren Krankheiten. Aber dann denke ich daran, wie meine Oma Herrn von Finkelstein anschmachtet. Den einzigen echten Adligen, den sie im wirklichen Leben kennt. Und wie Finkelstein sie beschleimt, als wäre sie die Königinmutter persönlich. Und dass sie dort sitzt, in diesem Wohnzimmer mit den Fotos von ihrem toten Mann, und dass es keinen Menschen interessiert, wie viele Herzen sie früher gebrochen hat und dass sie aussah wie eine Elfe und dass sie mal Blaubeerkönigin war.

Und wenn ich das alles bedenke, dann kann es leider doch sein.

Bene und die Gangster-Oma.

„Krass“, flüstert Mia, als ich alles erzählt habe.

Ole legt mir tröstend die Hand auf den Arm. „Die kriegt bestimmt keine strenge Strafe, deine Oma“, sagt er und schaut mir ernsthaft ins Gesicht, „das ist sicher nur Beihilfe zum Verbrechen.“

Vielleicht hat er gestern Abend einen Krimi gesehen, denke ich und muss fast ein bisschen lachen. Trotzdem tut es gut, dass er so lieb ist, obwohl ich im Augenblick gar nicht so sehr darüber nachdenke, was Oma für eine Strafe bekommt, sondern …

„Was ich nicht so richtig verstehe“, überlege ich laut, „ist, wie Glückland da reinpasst. Meine Oma hasst den! Die würde nie mit dem zusammenarbeiten. Und außerdem …“ ich stocke, weil mir das jetzt auch noch einfällt, „hat sie ja überhaupt noch nie mit ihm gesprochen, seit er wieder neu im Haus wohnt. Und warum ist *ihre* Telefonnummer angegeben, wenn die Welpen aus Glücklands Wohnung verkauft werden?“

Allmählich weiß ich, wie eine Fliege sich fühlt, die nicht aus dem Spinnennetz rauskommt und sich mit jeder Bewegung fester in den klebrigen Fäden verheddert.

„Er war aber vorhin auf diesem Welpenhof“, sagt Mia. „Und du hast die Frau mit dem Hund doch aus seiner Wohnung kommen sehen, oder?“

„Aus seiner Wohnung nicht so direkt“, antworte ich „Mehr so aus dem Haus. Und danach ist Finkelstein rausgekommen.“

„Irgendwie passt es hinten und vorne nicht zusammen“, sagt Ole. „Es wäre jetzt noch eine Theorie, dass es zwei *getrennte* Hundehändlerringe gibt. Und *zufällig* sind beide *Am Runenstein* zwölf.“

Mia sackt zusammen wie eine Marionette ohne Fäden, wirft mir einen verzweifelten Blick zu und bewegt ihre rechte Hand wie einen Scheibenwischer vor ihrem Gesicht.

„Ausschließen kann man das nicht“, sagt Ole. „Aber so richtig wahrscheinlich ist es auch nicht.“ Ole seufzt. „Wenn das so weitergeht, lege ich den Fall nieder.“

Anscheinend hat er wirklich gestern einen Krimi gesehen.

Mia springt auf und setzt sich wieder hin. „Ich googele

den jetzt, den Glückland. Vielleicht steht im Netz was über den."

„Du kannst ja *Glückland, düstere Existenz* eingeben", grinse ich, obwohl meine Mundwinkel nicht so wirklich nach oben wollen.

„Nee, gib mal ein: *Glückland, Dresden*", sagt Ole.

„Dresden?" Mia sieht ihn misstrauisch über die Schulter an. „Wie kommst du auf Dresden?"

„Na", Ole zuckt die Achseln, „das ist ja wohl klar wie Kakerlakenkack. Wenn bei jemandem nach dem Umzug der Schalter von seinem Backofen weg ist, und wenn er sagt: *Ich dachte, der liegt noch in Dresden*, dann wird der Typ ja wohl nicht zum Beispiel aus Wuppertal kommen.

„Schon klar", sagt Mia. „*Glück-land Dres-den.*"

Ich beuge mich vor. „Ole, du bist echt der Held!"

Uncoole Brille, kurz rasierte Haare, bloß das bescheuerte Hütchen fehlt. *Viktor Glückland mit seiner Frau auf dem Presseball Berlin. Viktor Glückland bei der Verleihung des …*

„Guckt mal, hier ist er noch ganz jung", kichert Mia. „*Uni-Zeitung Dresden* – da hat er noch 'n paar mehr Haare. Sieht aus wie 'ne Pusteblume in Blond …"

Mia klickt auf den Wikipedia-Eintrag:

Viktor Glückland, geboren 1985 in Peterfeld, Kasachstan, ist ein deutscher Journalist, Autor und Dokumentarfilmer. Er arbeitet seit 2015 beim Dresdner Tageblatt.

Glückland recherchiert insbesondere zu sozialen Fragen und Tierrechten.

Bekannt wurde er durch …

Dann kommt eine Liste von Überschriften.

Viktor Glückland ist verheiratet und lebt mit seiner Familie in Dresden.

Wir starren uns an.

„Krassofetzi“, murmelt Mia. „Ich fress meinen Zopf!“

* * *

Ding-dong! Ding-dong! Diiiiing-doooong!

Machen Sie auf, Herr Glückland! Hier stehen drei Ermittler vor Ihrer Tür, die an demselben Fall dran sind wie Sie! Es geht um eine gemeinsame …

Aber Herr Glückland ist nicht da. Wahrscheinlich trägt er gerade die letzten Ermittlungsdetails zusammen, während ihm der Abendwind fast das bescheuerte Hütchen vom Kopf weht.

„Ich stell mir den Wecker auf sieben“, sage ich. „Dann geh ich gleich morgen früh runter zu ihm, und wenn er dann auch nicht da ist, rufen wir die Polizei an. Wir haben ja Zeit bis 17 Uhr.“

Chefplaner Bene.

„Aber deiner Oma sagst du nichts, oder?“ Mia sieht mich besorgt an.

Ich tippe mir an die Stirn. „Bin ich bescheuert?“

Ich denke an Greta Thunberg in meinem Traum. *Stoppt den Welpenhandel!*, hat sie gerufen. Und den, jedenfalls den in Duderstedt, den können wir nur stoppen, wenn ich Oma nichts sage.

* * *

„Wo bleibst du denn? Ich war schon halb verrückt vor Sorge!" Oma sieht so omamäßig aus wie nur möglich. Niemand würde denken, dass sie bei einem illegalen Welpenhandel mitmacht und eine düstere Existenz ist. Und Oma selber würde sagen, dass sie einem lieben Freund einen Gefallen tut. Wenn ich sie fragen würde. Tu ich aber nicht. Mich selber müsste ich etwas fragen, etwas Wichtiges. Es hat irgendwie mit Herrn Glückland zu ...

„... schon seit einer *halben* Stunde gedeckt!" Oma zeigt vorwurfsvoll auf den Abendbrottisch, auf dem Gürkchen und Perlzwiebeln stehen und etwas Glibberiges, das gleichzeitig säuerlich und fischig riecht. „Aal in Aspik!", schwärmt Oma. „Eine Delikatesse! Hab ich extra für dich gemacht!"

Kalter toter Fisch in Glibber! Schaudernd schiebe ich mich auf meinen Stuhl und nehme mir mit angehaltenem Atem ein winziges Stück, aber Oma klatscht mir fast die Hälfte der ekligen Masse auf den Teller. Der Glibber zittert noch ein paar Sekunden, als bäte er um Gnade. „Äh, ich mag ..." fange ich an, und Oma lächelt zufrieden.

„Das habe ich mir gedacht, dass du das magst. Das kriegt man nur ganz selten!“

Ich denke, wie gut das ist, dass man es nur so selten kriegt. Und als sie aufsteht, um die Pellkartoffeln aus der Küche zu holen, raffe ich ein Tempotaschentuch aus der Hosentasche und lasse den Fisch in meiner Hosentasche verschwinden. Gut, dass diese Hose so große Taschen hat!

„Du kannst es ja gar nicht abwarten“, strahlt Oma und schaut anerkennend auf meinen leeren Teller. „Aber iss nur, damit was aus dir wird! Fisch macht intelligent!“, ruft Oma und sieht mich an, als könnte gerade ich das mit der Intelligenz besonders gut gebrauchen. „Hier, du kannst gern noch was haben. Nimm, genier dich nicht!“ Und mit Schwung klatscht sie mir fast den ganzen Rest Glibberfisch auf den Teller.

Als ich an diesem Abend in meinem Bett liege und mir dreimal die Zähne geputzt habe, um den sauren Fischgeschmack aus dem Mund zu kriegen, kann ich nicht einschlafen. Nicht weil mir der Fisch dauernd hochkommt, sondern weil ich nachdenke. Angeblich macht Fisch ja intelligent, aber so richtig scheint er bei mir nicht zu wirken im Augenblick.

Alles, was ich heute und in den letzten Tagen erlebt und rausgekriegt habe, schwirrt in meinem Kopf herum wie Teile von einem extrem kniffligen Puzzle, die vom Tisch geweht sind, weil jemand bei Orkan Durchzug gemacht hat.

Halt dich fern von diesem Glückland! Das ist eine ganz düstere Existenz!

Aber wir wissen, dass Herr Glückland keine düstere Existenz ist. Im Gegenteil! Er hat sogar einen Wikipedia-Eintrag. Und Fotos im Internet.

Guckt mal, hier ist er noch ganz jung … da hat er noch 'n paar mehr Haare, sieht aus wie 'ne Pusteblume in Blond …

Ich springe so schnell auf, dass ich mich in der Bettdecke verwickle und sekundenlang vor dem Bett herumkrabble wie eine verwirrte Schildkröte. Das Foto! Wo ist das alte Foto, das sich unter dem Regal verklemmt hatte und das ich fast Opa Benedetto aufs Grab gelegt hätte? Aber es hat nicht gepasst für Opas Grab, weil … Ich reiße fast die Hosentasche ab.

Mama auf der runden Haustürtreppe, strahlend und verliebt. Mit einem jungen Mann, dem die krausen blonden Haare um den Kopf stehen wie ein Heiligenschein. Oder *wie eine Pusteblume in Blond.*

Und dann hat dieser Viktor auch noch …

Neben der wütenden Stimme von Oma höre ich wieder die Stimme von Herrn Glückland, hastig und gleichzeitig um Ruhe und Normalität bemüht: … *und dein Vater?* Ich sehe uns beide am Grab von Igor Kreimer stehen. Ich sehe, wie Herrn Glückland die Margerite aus der Hand fällt, als ich ihm sage, wie alt ich bin. Ich sehe wieder, wie seine Augen hin und her flitzen, als ob er blitzschnell

Erinnerungen und Daten in seinem Kopf zusammensetzt. Ich sehe die Erleichterung und gleichzeitig die Enttäuschung in seinem Gesicht, als ich sage, Papa ist bei Ärzte ohne Grenzen.

Aber mein Papa ist nicht bei Ärzte ohne Grenzen.

Er ist beim *Dresdner Tageblatt*. Und er wartet nicht seit zwölf Jahren darauf, dass er zu Mama und mir zurückkommen kann. Er hat eine Familie. Eine Frau, mit der er auf den Presseball geht. Einen Jungen und ein Mädchen und einen Hund, der gerade Junge bekommen hat. Die Fotos hängen an seinem Kühlschrank.

Es ist natürlich erst mal eine Theorie, wie Ole sagen würde. Aber eine ziemlich wahrscheinliche Theorie.

Und wenn ich die nicht nachprüfe, dann kriege ich es nie raus. Nur, wie macht man das? Ich habe keine Erfahrung mit so was. Klingelt man bei jemandem und sagt: Entschuldigen Sie bitte, kann es sein, dass Sie mein Vater sind?

Ich stehe auf und ziehe mich an.

Mama und Herr Glückland! Zwei Leute, die sich anschauen, als wollten sie sich nie wieder aus den Augen verlieren. Aber sie haben sich aus den Augen verloren. Warum?

Ich könnte natürlich Mama fragen. Aber würde sie es mir sagen? Wenn sie mir zwölf Jahre lang noch nicht mal gesagt hat, wer mein Vater ist? Und *warum* hat sie es mir nicht gesagt? Ist Herr Glückland *doch* eine düstere Existenz?

Ich schleiche die Bodentreppe herunter und passe auf, dass die Stufen nicht knarren. Vorbei am Schlafzimmer, wo Oma gerade einen Wald zu Sägemehl verarbeitet und dabei wahrscheinlich von Herrn von Finkelstein träumt. *Ich wüsste nicht, was ich ohne Sie machen sollte, liebe gnädige Frau!*

Ich nehme den Wohnungsschlüssel vom Haken und trapse die Treppe zum Erdgeschoss hinunter.

Würde Herr Glückland sich freuen, wenn ich sein Sohn wäre?

Und wenn er mich rausschmeißt? Wenn er sagt: Hau ab, ich *hab* eine Familie!

Was dann?

Der Flur unter meinen Füßen ist kalt. Ich habe vergessen, Schuhe und Strümpfe anzuziehen.

Heute war mein achter Tag in Duderstedt. Ich stehe vor der Tür zum neunten Tag, zu dem alle Spuren geführt haben. Aber eigentlich stehe ich natürlich vor der Wohnungstür von Herrn Glückland. Ich drücke die Klingel. Die Standuhr in Omas Flur schlägt Mitternacht.

Als Herr Glückland die Tür aufmacht, fängt der neunte Tag gerade an.

Tag 9

Der Tag der Entscheidung

„Herr Glückland“, stammele ich, „Entschuldigung, sind Sie noch wach?“

Herr Glückland sieht ungefähr so wach aus wie eine Kreuzung aus Siebenschläfer und Murmeltier. „Bene! Ist was passiert?“

Ich will den Kopf schütteln. Aber es ist ja was passiert, oder genauer gesagt, es wird gleich was passieren.

Ich fühle mich wie damals in der zweiten Klasse, als ich zum ersten Mal oben auf dem Dreier stehe, und meine Knie zittern wie das Brett unter mir. Noch weiter unter mir, kilometerweit weg und riesenblau und steinhart, glitzert die Wasserfläche. Und wie ich dann nur noch leeres Garnichts unter mir spüre und schließlich gurgelndes, sausendes Blaugrün um mich rum. Und ich tauche auf und schnappe nach Luft und halte Herrn Glückland das Foto unter die Nase und stottere: „K… k… kann es sein, äh – Entschuldigung, kann es sein, dass Sie mein Vater sind?“

Na, toll! *Bene, der Superdiplomat.* Wie kann man so – wie heißt der Ausdruck? – mit der Tür ins Haus fallen? Ich hätte doch vielleicht langsamer zur Sache kommen sollen, aber wie soll man langsam vom Dreier springen? Ich traue mich nicht, Herrn Glückland anzusehen. Ich höre nur seine Stimme, nach einer Pause, die gefühlt drei Stunden dauert. In diesem Hausflur, wo meine Füße langsam zu Eisklumpen werden. „Ja, Bene, das kann schon sein."

Wamm! Es ist wie nach einem Salto vom Trampolin, wo man sich beim Aufkommen auf der Matte erst mal sortieren muss, ob alles am richtigen Platz ist oder man vielleicht aus Versehen immer noch auf dem Kopf steht.

Und jetzt? Ich weiß nicht genau, was ich mit dem Foto machen soll. Eigentlich weiß ich überhaupt nicht, was ich mit meinen Händen und Armen und Beinen machen soll. Besonders nicht mit den Beinen, die sich ziemlich wabbelig anfühlen.

Ich sehe die Füße von Herrn Glückland, die in Birkenstockschlappen stecken. Wie sie einen Schritt zurück machen. Und ich höre, wie Herr Glückland sagt: „Komm erst mal rein."

Ich hocke auf dem Sofa, an meinen Füßen graue Socken mit Karomuster, die Herr Glückland von seinem Wäscheständer geholt hat. „Zieh die an! Du bist verrückt, so barfuß auf dem kalten Fliesenboden zu stehen!"

Das war das Erste, was er ziemlich streng zu mir gesagt

hat, als wir in der Wohnung waren. Ich habe gedacht, das fängt ja gut an, kaum ist er zwei Minuten mein Vater, schon kommandiert er mich rum. Ich weiß nicht, ob Papa das passiert wäre. Aber Herr Glückland ist ja ein richtiger Vater und kein ausgedachter, das ist wahrscheinlich der Unterschied.

Herr Glückland sieht benommen aus, als wäre er gerade mit dem Fahrrad ohne Fahrradhelm gegen die graue Scheunenwand vom *Mümmelmannsstieg 15* gedonnert und müsste zählen, ob alle seine Gehirnzellen noch da sind. Er räuspert sich und blickt mich ein bisschen ratlos an. Dabei ist *er* doch der Erwachsene!

Ich überlege, dass Erwachsene schon manchmal ziemliche Saftsocken sind mit ihren Beziehungen und Trennungen und Drama und Stress! Und auf einmal ist ein Kind da, das sich um die Erwachsenen kümmern muss. Und wenn die Kinder nicht wären, dann weiß ich gar nicht, wie sie klarkommen würden.

Sie könnten sich ja wenigstens uns zuliebe mal ein bisschen Mühe geben, die Erwachsenen! Sie retten die Kranken der Welt, wie mein Papa, beziehungsweise nicht wie mein Papa, denn den gibt es jetzt ja nicht mehr so richtig. Also sie retten die Hunde und schreiben Artikel über soziale Fragen und kriegen Preise, aber um ihre eigenen Kinder kümmern sie sich nicht!

Meine Kehle ist trocken. Ich fühle mich so erschöpft, als wäre ich gerade im Dauerlauf von Hannover nach

Duderstedt gehetzt. Habe ich das etwa eben wirklich alles zu Herrn Glückland gesagt?

Herr Glückland sieht aus, als wollte er sich die Haare raufen, aber die sind ja viel zu kurz dazu. „Bene“, sagt er leise und ernst. „Bene, ich wusste es doch nicht. Meinst du, ich hätte mich zwölf Jahre nicht gemeldet, wenn ich es gewusst hätte? Deine Mama wusste es bestimmt auch nicht, als wir uns getrennt haben. Dass du unterwegs warst, meine ich. Und als sie es dann rausgekriegt hat, da hat sie wahrscheinlich gedacht, sie will es allein versuchen. Ohne mich. Und sie hat dich ja auch prima hingekriegt, das kann man nicht anders sagen.“

Herr Glückland grinst mich ein bisschen schief an.

Für einen Augenblick erinnert er mich an Papa, vor allem um die Augen.

Papa, der sich in diesem Augenblick umdreht, seinen Arztkoffer packt und für immer bei Ärzte ohne Grenzen verschwindet.

* * *

„Tja, Katharina Bürgelin und ich“, sagt Herr Glückland. Ich komme mir vor wie Harry Potter, der in Dumbledores Denkarium taucht und in den Erinnerungen von jemand anders versinkt. „Das war wirklich schön. Deine Mama ist eine großartige Frau, auf die kannst du echt stolz sein.“ Herr Glückland nickt mir zu. „Aber dann haben wir uns gestritten und immer wieder gestritten und schließlich getrennt. Vielleicht hatte es damit zu tun, dass deine Oma ständig dazwischengefunkt und deine Mama vor mir gewarnt hat und gesagt, ich wäre … äh …“ Herr Glückland sucht nach Worten.

„Eine düstere Existenz?“, schlage ich vor.

„Ja!“, ruft Herr Glückland aufgeregt. „Das trifft es genau! Woher weißt du das? Aber vielleicht hätten wir uns auch so getrennt, wer weiß.“ Er zuckt seufzend die Achseln. „Ich habe dann ja auch in Dresden studiert. Und da habe ich noch mal über alles nachgedacht und … äh … über alles, was gut war … und hab versucht, sie zu erreichen. Aber Katharina hatte mich auf allen sozialen Medien geblockt und ist nicht ans Telefon gegangen, und … Sie kann sehr … äh … konsequent sein. Wenn sie nicht will, dann will sie nicht.“

Wir grinsen uns an. Konsequent. Man könnte auch sagen: stur.

„Und dann hab ich ihr einen Brief nach Duderstedt geschrieben“, fährt Herr Glückland fort. „Nicht einen, mehrere.“ Er lacht verlegen. „Ich hab extra Briefpapier in ihrer Lieblingsfarbe genommen …“

Ich ziehe blitzschnell die Luft ein, weil sich gerade ein weiteres Puzzleteilchen mit Volldampf in das Puzzle in meinem Kopf drängelt.

„Türkis“, sage ich hastig.

„Genau“, bestätigt Herr Glückland. „Türkis.“

Türkise Briefe in einem kleinen Kästchen. Wo hab ich die gesehen? Es war erst vor ein paar Tagen, es war …

„… und mindestens zehnmal vorgeschrieben und umformuliert“, sagt Herr Glückland und lächelt ein bisschen traurig. Ich würde ihn am liebsten in den Arm nehmen, aber ich trau mich nicht.

Türkise Briefe, die Oma auf dem Balkon in kleine Stücke zerrissen hat. Mit diesem angeekelten Gesichtsausdruck, aber gleichzeitig als ob sie sich schämt. Briefe, die sie, wer weiß warum, mehr als zwölf Jahre aufbewahrt hat. Und als ich dann in Duderstedt war, da hatte sie natürlich Angst, dass ich die finden könnte.

„Aber Mama hat nicht geantwortet“, sage ich wütend. Konnte sie nicht, sie hat die Briefe ja nie gekriegt. Die hat Oma abgefangen und wahrscheinlich noch gedacht, sie tut das Beste für ihre Tochter. *Dieser Glückland ist kein Umgang für dich!* Das hat sie ja sogar zu mir gesagt.

Ich werde so sauer auf Oma, dass sie froh sein kann, dass ich nicht Harry Potter bin, denn dann würde ich sie in eine Klobürste verwandeln, da könnte sie mal sehen, wie das ist, wenn man bei anderen Leuten die Klos putzen muss!

„Nee“, bestätigt Herr Glückland, „Katharina hat nie geantwortet. Irgendwann hab ich sie dann auch blockiert. Und als ich das nächste Mal in Duderstedt war, da war sie weg. Irgendwo zum Studieren, haben mir meine Eltern erzählt.“ Er schaut mich besorgt an. „Bene, du guckst, als

wolltest du jemanden fressen! Wenn sie halt nicht wollte, deine Mama – das ist doch ihr gutes Recht! Aber ich hatte mir solche Mühe gegeben! Ich weiß sogar noch, was ich geschrieben habe.“ Herr Glückland schaut verträumt vor sich hin und holt Luft.

„1000Schön, bitte melde dich“, sage ich. „Lass es uns noch mal versuchen.“

Herr Glückland starrt mich an, als sähe er einen Geist.

„Ja, genau das habe ich geschrieben! Woher weißt du das? Kannst du hellsehen?“

„Nee“, sage ich grimmig. „Teppichtippen und Briefschnipsel aufheben.“

* * *

„Teppich… was?“

„Flusen auf Omas Teppich“, erkläre ich. „Die muss ich immer aufheben. Aber an dem Tag, als Oma die Briefe zerrissen hat …“

„Was?“, ruft Herr Glückland. „Was für Briefe?“ Aber an seinem erschrockenen Gesicht sehe ich, dass er schon ahnt, welche Briefe.

„Wir waren auf dem Kirschbaum, Mia, Ole und ich“, erkläre ich. „Das war, warten Sie, das war genau der Tag, als Sie Ihre Unterhosen auf der Terrasse aufgehängt haben. Mia hat noch gesagt – egal.“ Ich schlucke schnell den restlichen Satz runter, denn ich kann Herrn Glückland ja schlecht sagen, dass Mia überlegt hat, ihm ein paar hippe Unterhosen zu schenken. „Also, da hat Oma auf dem Balkon gesessen und Briefe zerrissen. Briefe auf türkisem Briefpapier. Sie hat die Schnipsel natürlich weggeschmissen, aber …“

„Aber du hast sie gefunden, die Schnipsel?“, fragt Herr Glückland hastig.

„Nicht alle, aber zwei, neben dem Mülleimer im Hof … ähm … die müssen hier irgendwo …“

Ich stecke meine Finger in die Hosentasche und fasse in etwas Glibberiges. Erschrocken ziehe ich die Hand wieder zurück.

Herr Glückland zieht die Augenbrauen zusammen und schnüffelt.

„Äh“, stottere ich, „’tschuldigung, das ist nur der Aal. Warten Sie kurz …“

Mit spitzen Fingern krame ich die glibberigen Aalstücke von Omas Essen aus meiner Tasche. Die hab ich ganz vergessen! Sie haben sich mit einer abgelaufenen Busfahrkarte aus Hannover, einem klebrigen Hustenbonbon, zwei türkisen Papierfetzen und zerfaserten Tempo-Taschentuchresten zu einem müffelnden Blubber zusammengeballt.

Herr Glückland sieht mich besorgt an, verzieht den Mund und wirft einen irritierten Blick auf den stinkenden Blubberball. Anscheinend mag er auch keinen Aal in Aspik, vielleicht vererbt sich so was ja vom Vater auf den Sohn.

„Sekunde.“ Ich fiesele die türkisfarbenen Schnipsel von dem Rest des Blubbers ab und reiche sie Herrn Glückland. Die Schrift ist ein bisschen verwischt von dem feuchten Glibber, aber Herr Glückland kann sie trotzdem lesen. Außerdem ist es ja seine eigene Schrift: *„1000Schön, bitte melde …“*, murmelt er, *„… uns noch mal versuchen …*Mein Gott!“ Herr Glückland sitzt zusammengesackt in seinem Sessel, als wäre er in eine von diesen Maschinen geraten, die den Müll zu Paketen zusammendrücken. „Sie hat die Briefe überhaupt nicht gekriegt. Und ich dachte …“

Er legt die beiden fischigen Schnipsel vorsichtig auf den Tisch und macht eine Geste zu dem restlichen Fischblubber. „Äh, brauchst du das noch? Sonst bring ich es kurz …“

Ich nicke. Herr Glückland hält den Blubber von sich weg und trägt ihn mit angehaltenem Atem in die Küche.

„Deine Oma Renate“, pustet er, als er wiederkommt, „Ich wusste ja, dass sie mich nicht mag. Aber dass sie so was macht …“ Er zeigt auf die zwei winzigen Schnipsel, das Einzige, was von seinen Briefen übrig geblieben ist, und schüttelt den Kopf.

„Ja“, sage ich erbittert, „und dann verkauft sie auch noch kleine Hunde! Illegal!“

„Ach“, sagt Herr Glückland und schüttelt sich ein bisschen.

Ich habe den Eindruck, dass er versucht, die Sache mit Mama und den Briefen für einen Moment an die Seite zu drängen. Vielleicht hat er so eine Art kleine Behälter in seinem Kopf, in die er alles einsortiert, worum er sich im Augenblick nicht kümmern kann.

„Illegaler Welpenhandel?“, fragt er. „Das ist interessant. Erzähl doch mal!“

Und ich erzähle. Von Anfang an. Von Oma und Herrn von Finkelstein und dem SUV und der Telefonnummer und der Welpenscheune …

Herr Glückland schmunzelt. „Das hab ich mir schon gedacht, dass das nicht stimmen kann mit eurer Zirkus-Olympiade. Aber ihr seid echt verrückt, da rumzuschnüffeln! Bei mir ist das was anderes, ich bin Journalist. Aber ihr …“ Er schüttelt den Kopf. „Diese Leute sind gefährlich, da geht es um richtig viel Geld!“

„Haben Sie uns deswegen da so … äh … rausgeschmissen?“, frage ich.

Herr Glückland nickt. „Klar. Und das war schon ganz richtig. Ich will ja nicht meinen Sohn verlieren, den ich gerade erst gefunden habe.“

Eigentlich habe ja ich *ihn* gefunden, aber darüber will ich mich nicht gleich mit ihm streiten, an unserem ersten Abend.

„Ist es okay, wenn ich Notizen mache?“ Herr Glückland schnappt sich einen Block und kritzelt mit, was ich erzähle.

„*Wann* ist der Welpenverkauf?“ Herr Glückland beugt sich interessiert vor. Irgendwie erinnert er mich an einen Hund, der eine Fährte aufgenommen hat.

„Am 12. Juli“, sage ich. „Nachmittags ab 17 Uhr, das stand in der eBay-Anzeige.“

„Das ist ja schon morgen Nachmittag! Also, heute eigentlich.“ Herr Glückland senkt die Stimme. „Hör zu, Bene …“

Als der Plan fertig ist, wird der Himmel schon heller über den Balkonpflanzen, die nach der Tradition von Opa Igor Kreimer gepflanzt sind. Opa Igor, der mein Uropa ist. Es ist ein komisches Gefühl, wenn man innerhalb von ein paar Stunden eine ganze neue Familie bekommt.

Ich habe richtig gute Laune gekriegt von unserem Plan

und muss ständig kichern. Vielleicht liegt das aber auch daran, dass ich die ganze Nacht nicht geschlafen habe.

„Es wäre *so* lustig“, giggele ich, „wenn Sie Mama jetzt doch noch heiraten würden! Das würde Oma *so* ärgern!“

Herr Glückland grient zurück. „Superaktion! Kann einem direkt leidtun, dass das nicht geht. Aber ich habe ja eine Frau. Anna. Sie kommt übermorgen mit Ida und Finn.“ Er wirft einen liebevollen Blick in Richtung Küche, wo die Fotos am Kühlschrank hängen.

„War nur ein Witz“, sage ich. „Mama hat ja auch einen Freund. Sebastian heißt der. Sie kommen übermorgen und holen mich ab. Bisschen ein Schleimer, der Sebastian, aber ganz nett so weit.“

Herr Glückland rückt nachdenklich an seiner Brille. „Vielleicht schleimt er, weil er möchte, dass du ihn magst. Katharina hat ihm ja wahrscheinlich gesagt, dass es sie nur im Doppelpack gibt. Und …“, Herr Glückland hebt den Zeigefinger, als wäre ihm gerade etwas Superwichtiges eingefallen, „… es gibt auch noch die Möglichkeit, dass er dich wirklich mag. Würde mich nicht wundern.“

Herr Glückland grinst mich an, und um seine Augen bilden sich Fältchen beim Lächeln. Wie bei Papa, aber natürlich *ist* er mein Papa, denke ich verwirrt.

„Wie … wie soll ich eigentlich zu Ihnen sagen?“, frage ich.

Herr Glückland sieht mich an und lächelt. „*Du* wär vielleicht nicht schlecht für den Anfang, oder? Und dann – Viktor? Oder Papa. Wenn du willst.“

* * *

Ich liege im Bett und kann kaum glauben, dass es erst ein paar Stunden her ist, dass ich aus diesem Bett aufgestanden bin, um mir meinen Vater zusammenzupuzzeln. Und jetzt habe ich einen Plan mit ihm geschmiedet.

Einen Plan, der Oma überhaupt nicht gefallen würde. Müsste ich sie nicht doch warnen? Immerhin ist sie meine Oma! Ich durfte zehn Tage bei ihr wohnen, und sie hat echt lecker für mich gekocht – bis auf den Glibberfisch. Aber auch da hat sie ja gedacht, sie tut mir was Gutes. Intelligenzmäßig und so …

Irgendwie ist das das Traurige bei Oma, überlege ich. Sie denkt, sie tut den Leuten was Gutes. Und sie denkt, dass *sie* weiß, was das Gute für die anderen ist. Dass sie es *besser* weiß, als die anderen es selber wissen. Und damit bringt sie alles durcheinander, und hinterher traut sie sich nicht mehr zu sagen, was sie für einen Mist gemacht hat. Vielleicht versteht sie auch gar nicht, dass es Mist war, denn sie wollte ja nur das Beste. Bei mir mit dem Glibberfisch und bei Mama mit den Briefen.

Aber was hat sie nun davon, meine Oma? Okay, Mama hat Viktor Kreimer nicht geheiratet. Aber sie ist aus

Duderstedt weggegangen, und Oma sitzt alleine in ihrer Wohnung und sieht ihre Tochter und ihr Enkelkind fast nie. Und dann fällt sie auch noch auf diesen Finkelstein rein und macht mit ihm krumme Sachen, weil sie sonst niemanden hat.

Nein, wir müssen den Plan durchziehen! Sie kriegt ja wahrscheinlich keine strenge Strafe, wie Ole gesagt hat. Wenn ich sie warne, wird sie das weitermachen mit Herrn von Finkelstein und dem Welpenhandel. Mia würde mich killen, nach der ganzen Mühe, die wir uns mit den Ermittlungen gemacht haben! Und ich kann ja auch Papa nicht in die Pfanne hauen.

Ich meine es nur gut mit Oma, denke ich und muss wieder ein bisschen kichern. Finkelstein ist kein Umgang für sie. Der ist eine ganz düstere Existenz. Ich will nur ihr Bestes.

Aber vor allem will ich das Beste für die kleinen Hunde.

* * *

Mia und Ole fallen fast die Augen aus dem Kopf, als ich ihnen am Morgen erzähle, dass Herr Glückland nicht nur Journalist ist, sondern auch … äh … mein Vater.

Ich bedanke ich mich bei Ole für die Sache mit dem Schalter, denn genau das habe ich mir ja gewünscht: dass mein Vater wiederkommt. Er ist ein bisschen anders wiedergekommen, als ich es mir gedacht hatte, aber darauf kommt es nicht an. Und es kommt auch nicht darauf an, ob das überhaupt was mit dem Schalter zu tun hat.

Ole strahlt, als hätte er gerade einen Wissenschaftspreis für seine Theorie gewonnen. „Wahnsinn“, ruft er, „wir besitzen vielleicht den Schalter, mit dem man den Lauf der Welt ändern kann! Wir müssen den morgen sofort noch mal von Herrn Glückland ausleihen und neue Versuche machen. Er kann ja wieder die Flachzange benutzen. Wir brauchen eine größere Kontrollgruppe!“

Und während Ole mit leuchtenden Augen seine Versuchsreihe plant, berichte ich, welchen Plan ich mit Papa ausgeheckt habe.

„Klingt gut“, sagt Mia. „Dann bis heute Nachmittag.“

***

12. Juli, nachmittags halb fünf.

Mia, Ole und ich sind hinter dem Treppengeländer versteckt, das zum Bodenraum führt. Und es ist fast das Schwierigste an diesem ganzen Fall, dort zu sitzen und nichts zu tun. Oma hat mich nach dem Mittagessen natürlich *andiefrischeLuft* geschickt, aber ich habe mich mit Mia und Ole wieder ins Haus geschlichen. Wir hocken auf der dunklen Treppe. Wir spähen durch die Geländerpfosten nach unten ins Wohnzimmer. Atmen fast gar nicht. Kauen an den Fingernägeln. Hören, wie die Standuhr im Flur Viertel vor fünf schlägt.

Es klingelt. Wir zucken zusammen, obwohl wir genau darauf gewartet haben: Herr von Finkelstein schleppt Pappkartons herein, aus denen man es bellen und fiepen hört. Mia sieht aus, als wollte sie am liebsten durch das Geländer springen und Herrn von Finkelstein ungekocht verschlingen.

Aber Papa hat mir das Versprechen abgenommen, dass wir uns nicht in Gefahr bringen. *Ich kann es nur noch mal wiederholen,* hat er gesagt, *diese Leute sind gefährlich. Die schrecken vor nichts zurück. Man kann nicht ausschließen, dass sie bewaffnet sind. Versprich mir, dass ihr euch nicht einmischt – es sind jetzt ja genug Leute da, die sich um alles kümmern.*"

Bloß, wo bleiben die nur? Die Standuhr in Omas Flur schlägt fünf. Oma und Herr von Finkelstein haben die leeren Kartons weggeräumt. Oma – meine Oma! – krault die angebliche Welpenmutter, die Herr von Finkelstein in seiner schwarzen Tasche mitgebracht hat. Die niedlichen

Welpen krabbeln über Omas roten Teppich und hinterlassen wahrscheinlich massenweise Teppichtippen und vielleicht auch das eine oder andere Pieschercehen. Denn das ist der Geruch, den ich im Auto von Herrn von Finkelstein und auch im Wohnzimmer von Oma wahrgenommen habe, als ich letzte Woche nach Hause gekommen bin.

All das werden die kleinen Hunde vielleicht hinterlassen. Oma ist das egal. Sie schaut Herrn von Finkelstein an und hat wieder diesen Groupie-Blick, als wäre sie Herrn von Finkelsteins größter Fan. Aber diesen Blick wird sie nicht mehr lange haben.

Denn endlich klingelt es zum zweiten Mal an diesem Nachmittag. Wir nicken uns zu, boxen in die Luft und geben uns das Daumen-hoch-Zeichen.

Herr von Finkelstein sagt noch schnell zu Oma: „Ach, die Hundekäufer. Da sind sie ja schon! Also, Sie wissen ja, was Sie zu sagen haben, meine liebe Frau Bürgelin!"

Die Tür geht auf, aber es sind nicht die Hundekäufer. Es sind Papa mit der Kamera und ein Polizist und ein Herr in weißem Kittel, die sich ins Wohnzimmer drängeln.

Herr von Finkelstein springt auf. „Es war *ihre* Idee!", schreit er und zeigt auf Oma. „Ich habe nichts mit der Sache zu tun! Ich kam nur ganz zufällig vorbei! Ich kenne die Frau kaum!" Und ohne auf Omas entsetzten Blick zu achten, stößt er sie zur Seite. Sie landet mitten zwischen den Welpen auf dem roten Teppich – die größte Teppichtippe der Welt.

Herr von Finkelstein aber rennt aus dem Zimmer. Schon klappern seine Schritte auf der Treppe zum Erdgeschoss.

Wir springen auf, noch bevor der Polizist und der Herr in dem weißen Kittel Oma hochgeholfen haben. Papa hat zwar gesagt, wir sollen uns zurückhalten, doch daran denkt in diesem Augenblick keiner von uns. Wir brettern die Bodentreppe runter, durch Omas Wohnzimmer, durch den Flur.

Papa schreit: „Macht keinen Quatsch, Kinder, um Gottes willen!“ Aber es passiert alles so schnell, und da stehen wir schon oben auf der runden Haustürtreppe, und Herr von Finkelstein hetzt über den Vorplatz auf sein Auto zu. Hinter uns hören wir die Stimme des Polizisten: „Halt! Polizei! Stehen bleiben!“

Aber Finkelstein bleibt nicht stehen. Er ist schon fast beim Auto, und beinah hätte er es geschafft, aber da schießt – nein, nicht der Polizist auf Herrn von Finkelstein. Ein weißer Schatten schießt auf den kiesbestreuten Hof – ein wuscheliger weißer Schatten mit Puschelschwanz, langen Ohren und einem zornigen Glitzern in den roten Augen. Das Kaninchen Alice springt mit einem Satz, den nur Kaninchen zustande bringen, Herrn von Finkelstein zwischen die Beine. Er stolpert und fällt um. Rappelt sich wieder hoch und tritt mit einem wütenden Aufheulen nach dem weißen Kaninchen.

Daneben, Herr von Finkelstein!

Kaninchen können sehr schnell Haken schlagen ... Und das mit dem Tritt, das hätten Sie lieber nicht machen sollen. Denn hinter Alice kommt ein zweiter weißer Schatten auf den Vorplatz gerast, ein viel größerer Schatten. Ein zotteliger, gefährlicher Schatten, der eng mit Alice befreundet ist. Der Schatten jagt mit gebleckten Zähnen auf Herrn von Finkelstein zu.

„Carmencita!", ruft Ole.

„Minnie, hierher!", schreit Mia, denn man weiß ja nicht, ob Herr von Finkelstein bewaffnet ist.

Aber die Hündin hört weder auf *Minnie* noch auf *Carmencita*, vielleicht hat sie ganz im Geheimen noch einen dritten Namen. Sie stürzt sich auf Herrn von Finkelstein und verbeißt sich unter wütendem Knurren in sein linkes Hosenbein.

Und das ist das Ende von Herrn von Finkelstein und seinen düsteren Geschäften. Der Rest steht im Polizeibericht.

Polizeibericht Duderstedt

Aufgrund eines Hinweises aus der Bevölkerung gelang der Polizei Duderstedt am 12. Juli ein Schlag gegen den illegalen Welpenhandel. Als die Welpen verkauft werden sollten, betrat ein Beamter mit einem Journalisten des *Dresdner Tageblatts*, der sich als Kaufinteressent ausgegeben hatte, und dem zuständigen Veterinäramtsarzt das Wohnzimmer von Renate B.

Hajo von F., der als Drahtzieher zu betrachten ist, droht eine Anzeige wegen Tierquälerei, Verstoß gegen das Tierschutzgesetz und Verstoß gegen das Tierseuchengesetz. Da er außerdem wegen Drogenhandel gesucht wird, wird er wohl nicht mit einer Bewährungsstrafe davonkommen. In diesem Zusammenhang erhielt die Polizei einen wertvollen Hinweis von einem aufmerksamen Schüler, dem die auf dem Friedhof Duderstedt versteckten Drogenpäckchen aufgefallen waren.

Renate B., die bisher noch nicht durch illegale Aktivitäten aufgefallen ist, muss mit einer gebührenpflichtigen Verwarnung wegen Ordnungswidrigkeit rechnen.

Die Welpen wurden beschlagnahmt, medizinisch versorgt und ins Tierheim Duderstedt gebracht. Nach ihrer Tollwut-Quarantäne sind sie in gute Hände abzugeben.

In gute Hände. In sehr gute Hände! Besonders Glupsch. Glupsch, der Welpe mit den riesigen Augen, der sich schon in mein Herz geguckt hat, als er noch bloß ein Bild im Internet war.

Mias und Oles Mama hat beim Tierheim angerufen und gefragt, ob sie Glupsch für mich reservieren können, bis er die Quarantäne hinter sich hat. Die vom Tierheim haben Ja gesagt, und jedes Mal, wenn ich daran denke, muss ich fast vor Freude tanzen.

„Vielleicht ist deine Mama ja doch nicht allergisch gegen Tierhaare“, sagt Ole. „So was kann sich ändern. Ich kenne einen …“

„Und selbst wenn“, sagt Mia, „dann nehmen *wir* Glupsch! Auf ein Tier mehr oder weniger kommt’s bei uns nicht an. Aber er ist auf jeden Fall deiner, wenn du in den nächsten Ferien herkommst.“

Denn dass ich in den nächsten Ferien wiederkomme, das ist klar wie Kakerlakenkack.

Tag 10

Alles ist gut

Der zehnte Tag fliegt wie im Zeitraffer an mir vorbei.

Ich habe frühmorgens Mama in Hannover angerufen, damit sie vorbereitet ist und nicht in Ohnmacht fällt, wenn sie mich in Duderstedt abholen will und Papa da auf einmal steht.

Mama hat ein bisschen geweint und mit kippeliger Stimme gesagt: „Oh, Bene, ich wollte dir das immer sagen, aber irgendwie ... Wir reden ganz ausführlich, wenn du wieder zu Hause bist, okay?"

Und ich hab gesagt, sie soll nicht weinen, sondern froh sein, dass ich das so gut hingekriegt habe. Eigentlich bin ich natürlich schon ein bisschen sauer auf sie. Aber heute will ich mich erst mal freuen, nur freuen, und das tue ich auch!

Wie oft habe ich mir Papas und Mamas Wiedersehen vorgestellt! Und jetzt steigt Mama mit Sebastian aus Sebastians Auto, und Papa kann Mama nicht gleich Hallo sagen, weil aus dem weißen Renault mit der Dresdner Autonummer zwei Kinder ploppen, die ihm in die Arme rennen und „Papa! Papa!“ rufen.

Meine Halbgeschwister sind das, denke ich – komisches Wort, und verrückterweise checke ich kurz, ob die beiden Kinder eventuell nur zur Hälfte vorhanden sind, als wären sie in der Mitte durchgeschnitten.

Finn, der Kleinere, mustert mich missmutig und fragt, ob ich der neue Bruder bin, und er wollte überhaupt gar keinen Bruder, sondern endlich mal ein Meerschweinchen!

„Aber ich wollte schon immer einen großen Bruder!“, sagt Ida und zieht an meinen Fingern. „Verhaust du jetzt diesen blöden André Gerlach? Das machen große Brüder nämlich. Papa kann den nicht verhauen, Papa ist nie da, der ist ja immer auf Reschärsche.“ Sie sagt es vorwurfsvoll und so, als ob das Wort etwas mit Popos zu tun hätte, und ich verspreche es, obwohl ich nicht weiß, wer André Gerlach ist, aber der muss sich schon mal warm anziehen.

Anna Glückland drückt mir kurz und kräftig die Hand, schiebt sich die Sonnenbrille in die kurz geschnittenen blonden Haare, nickt mir zu und sagt zu meinem Papa: „Das war ja wohl die interessanteste Recherche, die du jemals getätigt hast.“

„Die hat Bene getätigt“, sagt Papa, und sie lacht und schaut mich an und sagt: „Kommt nach seinem Vater.“

Und ich denke, dass sie saucool ist, denn sie könnte ja auch anders reagieren und noch im Nachhinein eifersüchtig sein oder so.

Aber sie wirft doch einen etwas misstrauischen Blick auf Mama und wird erst ruhiger, als Sebastian den Arm um Mama legt und ihr einen Kuss gibt. Allerdings erst, nachdem er mich angeschaut hat, ob das für mich in Ordnung ist. Ich denke, das ist doch eigentlich echt nett von ihm, und mache eine Kopfbewegung, die sagt: *Ist schon okay*.

Herr Glückland – also Papa – schwenkt die Briefschnipsel, die auch von Weitem immer noch ein bisschen nach Fisch riechen, und sagt: „Katharina, ich wollte mich damals melden …“ Und sie gehen in die Küche und reden.

Anna sieht wieder ein bisschen misstrauisch aus, aber zu mir ist sie nett. „Das ist ja auch nicht immer so einfach für euch Kinder mit den Erwachsenen“, seufzt sie.

Ich bin begeistert, denn das ist ja genau das, was ich gestern Nacht zu Herrn Glückland gesagt habe.

Dann geht Ida in den Garten und sammelt Kirschen, die über den Zaun gefallen sind. Wir anderen sitzen im Wohnzimmer und trinken Saft. Und gerade als Papa die Gruselgeschichte mit dem Saftglas und den Ameisen erzählt, kommt Ida rein, mit Kirschenzwillingen über jedem Ohr. „Ich soll ausrichten, das Essen ist fertig“, sagt sie stolz und wichtig.

„Von wem sollst du das ausrichten?“, fragt Papa.

Ida zeigt nach oben und sagt: „Von der dicken Frau auf dem Balkon.“

Wir schieben uns in den Flur, und oben an der Treppe steht Oma und beugt sich über das Geländer und keift: „Es wird alles kalt! Dafür hab ich nicht den ganzen Tag in der Küche gestanden! Kommt ihr jetzt endlich?“

„Wer, *ihr*?“, fragt Mama misstrauisch.

Und Oma macht eine schnelle Bewegung über uns hin, über Mama und mich und Sebastian und Papa und Anna und Ida und Finn und ruft: „Na, ihr alle halt!“

Ich denke, eigentlich müsste sie sich Millionen Mal bei Mama und Papa entschuldigen – und bei mir sowieso. Aber vielleicht ist das mit dem Essen ihre Art, sich zu entschuldigen. Für Oma, wenn man richtig darüber nachdenkt, ist das schon ziemlich viel.

Und so fügen sich alle Puzzleteile zusammen an diesem letzten, zehnten Tag. Es ist wie im Roman, wo am Ende alles gut ausgeht.

Nur dass dies ja zum Glück kein Roman ist, sondern die Wirklichkeit.

Ein Jahr später

Grimme-Preis für Viktor Glückland

Marl, Nordrhein-Westfalen

Für seine Recherche zu *Welpenhandel in Deutschland* erhält der Journalist und Dokumentarfilmer Viktor Glückland den renommierten Grimme-Preis für *Besondere Journalistische Leistungen* in der Kategorie *Information und Kultur.*

Bei der Preisverleihung in Marl, Nordrhein-Westfalen, bittet Viktor Glückland seine jungen Mitarbeiter auf die Bühne: Mia Winnemut (13), ihren Bruder Ole (11) sowie seinen ältesten Sohn Bene (13). „… ohne deren engagierte Mitarbeit und insbesondere ohne deren Fotos in der Welpenscheune dieser Bericht“, so Glückland, „nicht das geworden wäre, was er heute ist.“

© Oliver Look

Andrea Schomburg ist Lyrikerin, Kabarettistin und Kinderbuchautorin. Seit 2012 lehrt sie Lyrik und Theatertechniken an der Leuphana-Universität Lüneburg. Sie hat zahlreiche Kinderbücher geschrieben, die mit viel Witz, Humor und Spannung begeistern. Andrea Schomburg lebt in Berlin und Hamburg und ist Gründungsmitglied der „Elbautoren Kinder- und Jugendbuch“.

© Fausto Ristori

Miryam Specht, 1970 im Taunus geboren, arbeitet als freischaffende Illustratorin. Gerne ist sie in Gedanken und mit einem Stift in der Hand unterwegs. So träumt sie sich wunderbar durch den Tag auf einer kleinen Insel, wo sie mit ihrem Mann und Sohn lebt.

Komplett unverdächtig

Jonas und Fabian leben bei ihrer Tante Erdmute. Und die macht ihrem Namen alle Ehre. Denn Mut braucht man auf jeden Fall, wenn man in einem knallroten Kleid eine Bank überfällt. Nach einer rasanten Flucht taucht Tante Erdmute mit den beiden Jungs in einem kleinen Waldhotel unter. Dort wohnen merkwürdige Gäste! Und als dann noch Herrn Hartenbeins wertvolles Briefmarkenalbum gestohlen wird, steht bald die Polizei vor der Tür. Ob die drei jetzt in der Falle sitzen?

ANDREA SCHOMBURG
Die besten Tantenretter der Welt
ISBN 978-3-7478-0007-2

HUMMEL
BURG

www.hummelburg.de

Ein Hoch auf die Familie!

Opas Testament hat es in sich: Malina, ihre Eltern und ihr kleiner Bruder Joschi erben die alte Villa. Aber sie bekommen das Haus nur, wenn sie dort zusammen mit Tante Röschen und ihrem uncoolen Sohn Alexander einziehen. Wie soll das gutgehen?! Papa und Tante Röschen sind doch seit Jahrzehnten verfeindet! Aber auch andere haben an der Villa Interesse: Plötzlich taucht dieser zwielichtige Eddie auf. Gemeinsam müssen Malina und Alexander herausfinden, wer es auf Opas Erbe abgesehen hat.

ANDREA SCHOMBURG
So ein verflixtes Erbe
ISBN 978-3-7478-0013-3

HUMMEL
BURG

www.hummelburg.de

Großes Kino für Kinder!

Solange Jukka denken kann, lebt er mit seinem Ziehvater Käpt'n Bittermond allein in der einsamen Bucht. Von der Welt hat Jukka bisher nichts gesehen. Eines Tages taucht die fahrende Händlerin Kandidel mit ihrer Tochter Lila auf. Und plötzlich verschwindet Kandidel mit Bittermonds größtem Schatz. Jukka und Lila beschließen, ihn zurückzuholen. Aber der Weg in die Weißen Berge ist gefährlich. Sie begegnen seltsamen Gestalten und sind immer wieder den Angriffen des Grässgreifs ausgesetzt …

MAIKE HAREL
Bittermonds Bucht
ISBN 978-3-7478-0019-5

HUMMEL BURG

www.hummelburg.de